W0293166

Dieter Schmidt

Big Deal oder Der Stecher von Mainz

Dieter Schmidt

Big Deal
oder
Der Stecher von Mainz

Kriminalroman

Reihe trèves krimi
Hrsg.: Rainer Breuer und Ursula Dahm

éditions trèves

Die Deutsche Bibliothek – CIP Cataloguing-in-Publication-Data

Ein Titeldatensatz für diese Publikation ist erhältlich bei
A catalogue record for this publication is available from
Die Deutsche Bibliothek

Schmidt, Dieter
Big Deal oder Der Stecher von Mainz
Trier: éditions trèves, 2001
trèves krimi Nr. 28
(hrsg. v. Breuer, Rainer u. Dahm, Ursula)
ISBN 3-88081-228-4

Umschlaggestaltung: éditions trèves
unter Verwendung eines Fotos von Dieter Schmidt

www.treves.de

Auflage: 5. 4. 3. 2. 1.
© und Gesamtproduktion im Jahre: 2006 05 04 03 02 2001
bei
éditions trèves
Postfach 1550
D - 54205 Trier

Hrsg. mit Unterstützung des Vereins zur Förderung der künstlerischen Tätigkeiten – éditions trèves e.V.

gewidmet
Meinem mir sehr lieben Bruder Klaus Schmidt

Fernerhin dankbar für Anregungen aus dem realen Leben
Cornelia Sabinarz, Jens Brabänder, Lothar Spieß

Zur Erläuterung für den Leser

Es gibt grundsätzlich zwei Sorten Mainzer:
Der Mainzer Typ 1 stinkt nach Handkäse, redet Dialekt und bekennt sich auch sonst uneingeschränkt zu seiner kulturellen Identität als Mainzer.

Der Mainzer Typ 2 verleugnet seine kulturelle Identität. Er versucht hochdeutsch zu sprechen und sich generell durch die Aneignung vermeintlich gehobener Umgangsformen weitgehend vom Typ 1 zu distanzieren, den er für ungeheuer vulgär und primitiv hält.

Mainz im Juni, 33 Grad im Schatten. Über dem tausendjährigen Dom flimmerte unerträgliche Hitze. In den Straßen lauerte eine schweißtreibende Atmosphäre sinnlicher Laszivität von geradezu brasilianischen Ausmaßen. Es war jene schwitzende, schwüle Geilheit, die den Rheinhessen, den Brasilianer Deutschlands, etwa 15 cm unterhalb des Bauchnabels packt und sein wahres Inneres, die unvergleichliche, brachiale, rheinhessische Fleischwursterotik zum Ausbruch treibt. In den Augen dieser rheinischen Frohnaturen, Männer wie Frauen, sieht man nur noch eines: die nackte, hemmungslose, schwitzende, gierige Fleischeslust.

Mit der Berechtigung eines Mannes, der sich für sehr wichtig hält, jagte er den Porsche über das Kopfsteinpflaster der Innenstadt, bremste zackig und stoppte genau in der Einfahrt zur Anwaltskanzlei. Dann wuchtete er seine 120 Kilo Lebendgewicht – viel Fett, wenig Muskeln – aus dem sportlichen Auto und klingelte Sturm. Die Rechtsanwaltsgehilfin geleitete ihn sofort zum Anwalt.

Der Anwalt war Mitte Vierzig und gehörte zu jener Sorte Mainzer, die, sobald sie Abitur haben, krampfhaft ihren Dialekt verleugnen, es sei denn, sie besuchen einmal im Jahr ihre Mutter im Altersheim. So sah er auch aus. Schlank, gepflegter Dreitagebart, häßliche Designerbrille und die Haare mit viel Gel zu einem öligen Zöpfchen frisiert. Außerdem stank er nach Parfüm wie ein Moschusochse. Er war die, je nach Geschmack, elegante oder schmierige Ausgabe eines rheinhessischen Staranwalts mit Drang zu höherer gesellschaftlicher Reputation.

Der schnaufende Porschefahrer war sein bester Kunde, ein namhafter Unternehmer aus der allerersten Reihe des Mainzer Geldadels. Selbstloser Sponsor archäologischer Ausgrabungen, Vorstandsmitglied beim Fußballverein Mainz 05, Fassenachtsfunktionär undundund. Selbstverständlich mit besten Kontakten zur Lokalpolitik, weshalb er nicht nur Mitglied der CDU war, sondern natürlich auch bei den Genossen. Das war Hans-Peter Müller, von Freund und Feind ehrfürchtig nur Brezelmüller genannt.

»Wo brennts denn?« fragte der Anwalt mit Blick auf die hochrote Birne.

»Meine Frau«, zischte der Porschefahrer erregt, »meine Frau geht fremd!«

Der Anwalt klärte seinen Mandanten kurz über das moderne Scheidungsrecht auf. Beide kannten sich gut, duzten sich, vertrauten einander. Jedenfalls war der Dicke in seiner Ehre getroffen. Und weil er keine Ahnung hatte, wer sein Nebenbuhler war, suchte er über den Anwalt einen vertrauenswürdigen Privatdetektiv.

Anwalt: »Bist du deiner Frau treu?«

Mandant, verblüfft: »Nein«, dann wütend: »Ist ja wohl was ganz anderes!«

Der Anwalt versuchte ihm die Sache auszureden. Umsonst.

»Privat sag ich dir: Laß die Finger davon. Geschäftlich mach ich, was du willst.«

»Mach es«, sagte der Porschefahrer mit dem dicken Schwartenmagenkopf. »Ich brauche Beweise. Und vor allem: Es muß vertraulich sein!«

Anwalt: »Also gut. Ich brauche Fotos von dir, deiner Frau, eine Auflistung eurer Autos und eurer Lebensgewohnheiten. Die Nachforschungen laufen über meine Kanzlei. Die Akte lege ich in den Giftschrank. Meine Angestellten werden von nichts wissen.«

Der Porschefahrer stampfte nach draußen, quetschte sich ins Cockpit und gab reifenquietschenderweise die Einfahrt zur Kanzlei frei.

Der Anwalt dachte kurz nach. Ein Mann um die Fünfzig mit einem Kracher als Frau, zehn Jahre jünger. Er geht morgens um acht aus dem Haus, kommt abends um neun zurück. Sie langweilt sich und nimmt einen Liebhaber. Selbst schuld, dachte er selbstgefällig und beglückwünschte sich. Frau Anwältin gab auf Partys längst nicht so eine gute Figur ab wie besagte Dame. Dafür war sie aber eine treue Seele. 17 Jahre verheiratet und er schlief immer noch vorneweg dreimal im Monat mit seiner Frau. In dieser Hinsicht gab es keine Gefahr. Nein, Frau Anwalt war eine ehrbare Gattin aus bestem Mainzer Bürgerhaus.

Am nächsten Tag brachte die Gehilfin ein Päckchen aus dem Briefkasten – Brezelmüllers Observationsunterlagen. Der Anwalt schickte die Frau raus, öffnete das Paket und wählte eine Nummer.

»Ja?« sagte die Frauenstimme.

»Ich möchte bitte Herrn Napp sprechen«, sagte der Anwalt.

»Was wolle Sie dann von dem?« fragte Frau Napp neugierig, aber vergeblich. »Kall! Dellefoon!« rief sie dann.

Der Anwalt hörte durchs Telefon eine Toilettenspülung, eine aufgerissene Tür und hastige Trippelschritte, vermutlich durch im Laufen hochgezogene Hosen zusehends beschleunigt, bis eine atemlose Stimme in den Hörer krächzte: »Privatdedegtiv Karl Napp, was gibts dann?«

Privatdetektiv Karl Napp hörte angestrengt zu, während er sich die Hose zuknöpfte, seine Frau vergeblich mit. Er legte auf und sagte: »Wischtischer Fall, muß glei fort.«

Blitzartig hastete er zu seinem Opel Omega und fuhr zur Anwaltskanzlei.

»Bring zwää Pund Gehacktes mit!« rief sie noch aus dem Fenster.

Karl war Mitte Fünfzig, eher klein als groß, mehr dick als schlank. Er hatte eine Halbglatze und zum Ausgleich einen Kinnbart, der in Verbindung mit dem Schnurrbart einen sorgsam gepflegten Haarkranz rund um die Mundöffnung bildete, weshalb er im Volksmund auch »Arschlochbart« heißt. Ansonsten war Karl der Prototyp einer Mainzer Frohnatur und schlauer, als er aussah.

Karl Napp parkte sein Auto ordentlich in Kanzleinähe, zog einen Parkschein, ging in die Metzgerei und dackelte zum Anwalt. Der türkischen Anwaltsgehilfin mit dem Schweinegehackten vor dem Gesicht herumwedelnd, gab er brüllend einen zum besten: »Frolleinsche, kenne Sie den schunn? Geht eine Frau zum Frauenarzt ...«

Das Frolleinsche lächelte süßsauer und schickte ihn ins Wartezimmer. Nach einer guten halben Stunde wurde er vorgelassen und bekam seine Instruktionen. Der Anwalt schob ihm Brezelmüllers Observationsunterlagen samt fettem Vorschuß über den Schreibtisch: »Sie sollen die Frau meines Mandanten der Untreue überführen. Das Ganze ist absolut vertraulich. Sie, mein Mandant und ich sind die einzigen, die davon wissen. Und sonst niemand. Einmal die Woche melden Sie sich bei mir. Sie lassen sich von meinen Angestellten direkt zu mir durchstellen. Über allem steht der Ruf meines Mandanten.«

»Alles klar, Herr Dogder«, sagte Karl Napp, gab dem Anwalt die Hand und ging. Schon draußen, stoppte ihn die Anwaltsgehilfin. »Ihr Fleisch, Herr Napp.« Karl Napp nahm den Beutel in Empfang und verabschiedete sich dankend mit einem krachenden Witz.

Der Anwalt seufzte mit Blick auf den Schwitzfleck, den Napps Gehacktes auf seinem gepflegten Louis-Quinze-Schreibtisch hinterlassen hatte. Es war Juni und sauheiß. Als Privatdetektiv war Karl Napp zweite Wahl. Aber der Mann, mit dem der Anwalt normalerweise zusammenarbeitete, machte Urlaub. Und immerhin, Napp hatte schon einmal zügig mittels präparierter Geldscheine eine ordinäre Firmengelderunterschlagung geklärt.

Napp ging in die UMBACH, setzte sich an die Theke, bestellte ein Bier. Es war 10 Uhr 30. Zeit genug, um nachzudenken und bis 12 Uhr das Fleisch abzuliefern, damit es um 13 Uhr etwas zu essen gab. Gegen den Durst und die Hitze stürzte er sein Bier hinab, schwitzte davon noch mehr und bestellte ein neues. Dann kamen zwei entfernt bekannte Saufnasen und lenkten ihn vom Nachdenken ab. Mit drei Bier und einem neuen Fundus an Blondinenwitzen lieferte Karl Punkt 12 Uhr das Hackfleisch zu Hause ab.

Seine Frau gab sich mit den Witzen und seinem Mundgeruch nicht zufrieden. Frikadellen und Kartoffeln schmatzend, rückte Karl Informationen heraus. »Die Fraa vum Brezelmüller geht fremd unn isch soll dere ihrn Stescher finde.«

Als Stecher bezeichnet der Mainzer den Liebhaber einer Frau, eine Bezeichnung, die eindeutig auf das Eindringen des männlichen in das weibliche Geschlechtsteil zielt und damit den Nagel auf den Kopf trifft.

Nach dem Essen legte er sich rülpsend aufs Sofa.

Punkt 15 Uhr stand er auf, setzte sich ins Auto und fuhr zum Wohnort des Observationsobjekts. Brezelmüllers wohnten ziemlich erlesen in Mainz-Kastel, dem rechtsrheinischen Vorort von Mainz, direkt am Rhein. Es gab den Fluß, einen Park und dann direkt eine Straße mit Rheinblick, parallel zum Flußlauf. Hier reihte sich eine gepflegte Jugendstilvilla an die andere, gab sich Geld und Lokalhonoratiorentum immobilienmäßig die Hand. Überwachungstechnisch war es ein Witz. Der Park war bevölkert mit halbnackten Sonnenanbetern, Joggern und Hundefreunden. Auffallen konnte man hier nur, wenn man sich ein großes Schild mit der Aufschrift »Detektiv« auf die Stirn klebte.

Karl setzte sich einfach auf eine Bank im Park und beobachtete Müllers Villa. Müllers Anwesen bestand im wesentlichen aus einem hundert Jahre alten Haus mit großem Garten, das mit viel Geld und wenig Geschmack zu einem Protzbau umgestaltet worden war. Nach einer Stunde meldete sich die prostatageschwächte Blase. Karl pinkelte in eine Hecke und wurde prompt denunziert. Ein etwa sechsjähriges Mädchen schrie Zeter und Mordio.

»Mami! Der Onkel hat mir seinen Pipimann gezeigt!«

Ein paar Minuten vorher hatte Karl den pädagogischen Fehler begangen, die Rotzgöre am Ausrupfen frisch gepflanzter Rosen zu hindern. Jetzt rächte sie sich.

Die Mutter hörte auf, den Jüngsten zu stillen, packte ihre Brust ein, setzte den Milchsäufer in den Drücker und schob ihren Kampfwagen Richtung Karl.

»Das ist ja wohl! Also, das ist ...«

Die Sechsjährige stand feixend daneben

Karl kapitulierte und zog ab. Er wollte kein Aufsehen erregen. »Dumm Dunsel«, murrte er der grün-alternativen Mama hinterher, aber die verstand nur Hochdeutsch. Wenn er etwas nicht leiden konnte, dann diese ganz bestimmte Sorte grün-alternativer Mitbürger, die Vorurteile zu Gesetzen erheben und ihre Mitmenschen mittels ungezogener Rotzlöffel terrorisieren. Karl kannte sich in dieser Beziehung sehr genau aus. Diese Frau erinnerte ihn nämlich fatal an seine Schwiegertochter, das kleine Luder an seine Enkelin.

Er fuhr nach Hause.

Frau Napp begrüßte ihn mit den Worten: »Isch geh jetzt es Tante Lensche gieße«, und damit meinte sie, auf den Friedhof zu gehen und das Grab von Tante Helene zu gießen. Schön, dachte Karl, hab ich mei Ruh, womit er sich aber geschnitten hatte. »Du wolltst noch bei Schmitts im dridde Stock de Wasserhahn rebariere.«

Seufzend zog er den blauen Kittel über, stieg in den dritten Stock und stellte erleichtert fest, daß niemand da war. Also, zurück in die Wohnung und die Observationsunterlagen studiert. Laut Foto war Frau Müller 40 Jahre alt, blond, schlank und schön. Laut Angaben von Herrn Müller arbeitete sie nichts. Was sie so den ganzen Tag trieb, wußte er anscheinend auch nicht genau. Fitneßstudio, Tennis und Shopping hatte er geschrieben. Im Haus wohnte sonst niemand. Die zwanzigjährige Tochter studierte in Bonn. Müller arbeitete oft 15 Stunden täglich und war öfters auf Geschäftsreise. Viel Zeit also, um sich die »Pritsch verwehne zu lasse«, wie Frau Napp sagte, die dazukam und sich nach dem Abendessen sofort ins Metier vertiefte.

»Die Haar sinn gefärbt«, stellte sie fest und meinte: »Es iss nit alles Gold, was glänzt. Wahrscheinds isses de Fraa Brezelmüller zu langweilig de ganse Daach, unn abends iss ehr Alder zu mied, um noch groß rumzujuckele. Unn besonners schää isser ja aach nit«, fügte sie noch mit Blick auf das Foto vom gehörnten Ehemann hinzu. »Hat jo e Figur wie e vollgeschissener Schtrump.«

»Schunn möglisch«, brummelte Napp, ging pinkeln und sah auf dem Rückweg in den Spiegel. Eigentlich hatte er eine Figur wie Müller, nur etwas kleiner.

Seine Frau bezog wieder Position auf dem Balkon über dem Hauseingang. Von hier aus hatte sie absolut im Überblick, wer das Haus betrat oder verließ. »Kall! Schmitts sind da. Du gehst jetzt endlich de Wasserhahn rebariere!«

Kall ging de Wasserhahn rebariere. Frau Schmitt freute sich, als der Mann in Bermudashorts und knielangem Blaukittel vor ihr stand. Dann legte er sich unter das Spülbecken auf den Rücken, um mit der großen Rohrzange im metallenen Abflußmysterium herumzufuhrwerken. Frau Schmitt war peinlich berührt, als sie Napps Ständer sah und ein Ei, das vorwitzig aus der grellbunten Hose ragte. Irrigerweise bezog sie Napps geschlechtliche Erregung auf sich. Tatsächlich konzentrierte sich Karl Napp weniger auf den Wasserhahn als vielmehr auf Frau Müller. Ob sie es mit einem Handwerker trieb? Womöglich mit dem Klempner?

Jedenfalls fluchte Karl wie ein Rohrspatz, als er den porösen und zugerosteten Abfluß mit der großen Rohrzange einfach abriß. »Dunnerkeil!« brüllte er wütend. »Futkram! Jetzt muß isch erst en neie Abfluß kaafe gehe. Verfickter Futkram, verfickter!«

»Ist ja wohl die Höhe«, geiferte Frau Schmitt. Sie drohte mit Mietminderung, als sie erfuhr, daß die Sanitärgeschäfte jetzt zu hätten.

Karl seufzte und tappte nach unten. Seine Frau schimpfte mit ihm. Er rief die Sanitärfirma an: »Morsche frieh um acht Uhr kimmste unn machst de Scheißwasserhahn in die Reih!«

Aus dem Hörer: »Kall, haste widder versucht, selber zu fummele?«

»Babbel nit so saudumm«, maulte Karl und legte auf. »Als Hausbesitzer iss mer immer de Arsch«, sagte er vorwurfsvoll zu seiner Frau.

Erna Napp sagte »Pffft« und winkte ab, was soviel hieß wie: Babbel nit so saudumm. Erna war nämlich schuld. Als junger Polizeibeamter hatte Karl Erna geheiratet und dann waren sie ins Haus von Ernas Großtante Helene gezogen. Je älter Tante Lenchen wurde, desto weniger konnte sie sich um das Zwölfparteienmietshaus kümmern. Also spielte Erna die Hausmeisterin und Altenpflegerin. Und als Lenchen vor zwei Jahren starb, erbte Erna das ganze Haus und Karl quittierte den Polizeidienst. Als Polizist hatte Karl weder durch übertriebenen Arbeitseifer noch karrieristischen Ehrgeiz geglänzt. Eigentlich war er 25 Jahre die Frohnatur vom Dienst gewesen, die einmal im Jahr als Büttenredner zu großer Form auflief, und ansonsten verbarg er seine mittelmäßige Intelligenz mühelos hinter seinem Phlegma. Karl also verließ den Polizeidienst mit einem vorgeschobenen Rückenleiden und wurde hauptberuflicher Hausmeister und -besitzer in Personalunion. Und weil ihm das zu langweilig war, und ihn seine Alte nervte, wurde er Privatdetektiv. Wie alle Polizisten hatte er nämlich zur Kriminalpolizei gewollt, wo er aber nicht genommen worden war. Das wollte er jetzt als Privatdetektiv nachholen.

Frau Müller öffnete die Tür. Sie trug einen Seidenmantel, aus dem eine Brust herausragte. Der Klempner folgte ihr in die Küche. Frau Müller bückte sich und sagte: Nimm mich von hinten. Der Klempner nestelte seinen Penis aus dem Blaumann und faßte die Frau fest um die Hüfte. Dann wurde Karl wach und hatte Durst. Er knipste das Licht an. Er war nicht der Klempner und neben ihm lag nicht Frau Müller, sondern Erna auf dem Rücken und schnarchte mit offenem Mund. Sein Penis war nur noch halb so groß wie im Traum. Auf der Schlafanzughose prangte ein feuchter Fleck. Er trank Mineralwasser und sah auf die Uhr. Es war 3 Uhr nachts. In wenigen Stunden begann der erste Observationstag.

Pünktlich um 7 Uhr ging Karl aus dem Haus. Erna hatte ihm die Kühltasche mit Mineralwasser, belegten Broten und säuberlich geschälten Apfelhälften gepackt. Aus dem Keller holte er noch eine Flasche Weißwein. Dann setzte er die Mütze mit dem Aufdruck »New York Giants« auf und düste nach Mainz-Kastel. Er parkte sein Auto, schleppte Tasche, Bildzeitung und Badematte in den Park und postierte sich auf dem Rasen – strategisch geschickt – mit Blick durch die Hecken, hundert Meter von Müllers Haustür entfernt. Zehn vor acht verließ der vollgeschissene Strumpf sein trautes Heim, um das Bruttosozialprodukt zu steigern. Um 9 Uhr fing es schon an, heiß zu werden. Karl schwitzte. Gegen 10 Uhr kamen die ersten Sonnenanbeter und zogen sich aus. »Schtudende«, vermutete Karl, was soviel hieß wie »Faulenzer«. Auch da kannte er sich gut aus, weil sein Sohn Student war. Und ausgerechnet mit besagter Schwiegertochter zusammen.

Um 11 Uhr fuhr ein Auto bei Müllers vor, eine Frau betrat das Haus und kam eine Stunde später mit einem Wäschekorb wieder heraus.

»Die Butzfraa«, schlußfolgerte Karl messerscharf und trank eine Weinschorle. Der Schweiß rann in Strömen, Karl mitten in der prallen Sonne. Es gab auch Schattenplätze im Park, aber von dort konnte man die Haustür nicht beobachten. »Sauhitz«, fluchte er. Sein klassisch-elegantes Schießer-Feinripp-Unterhemd war restlos durchgeschwitzt, die Bermudashorts klebten am Arsch. Gegen 13 Uhr kamen Mütter mit Kindern. Auch die Mama von gestern war dabei. Sie hockte 50 Meter entfernt auf dem Kinderspielplatz mit einer ganzen Traube gluckender Mütter und ihren Kleinkindern zusammen. Vermutlich warnte sie alle vor einem perversen Kinderschän-

der, der sich im Park herumtrieb.
Dann kamen ein paar Jungs und spielten Fußball. Karl spielte aus Langeweile mit. Nach fünf Minuten trat er in ein Loch. Es gab im Park immer wieder Hobbygolfspieler, die Löcher in den Rasen gruben, um das Einputten zu üben. Golfspieler sind Arschlöcher. Das hatte Karl schon immer gewußt. Und jetzt wußte er auch warum. Weil der Knöchel höllisch schmerzte. Also bastelte er aus zwei Stöcken ein Tor und spielte Torwart, aber so, daß er Müllers Haustür immer im Blick hatte. Als er zu Müllers äugte, krachte ihm der Ball genau auf die Nase. Karl spielte nicht mehr mit.
Um 14 Uhr schlief er ein. Als er um 16 Uhr erwachte, war der blaue BMW von Frau Müller weg und seine Schultern brannten wie Feuer. Sonnenbrand.
»Scheiße«, fluchte Napp. »Verfickter Futkram!« Schließlich hatte er genug. Er packte seine Sachen und humpelte zum Auto. Müllers BMW stand direkt davor. Anscheinend war sie nur kurz weg gewesen. Krebsrot humpelte Napp unauffällig am Haus vorbei und spähte über den Zaun in den Garten. Frau Müller lag entspannt, oben ohne, im Schatten neben dem Swimming-pool. Schöne Brüste hatte sie auch noch. Immerhin war sie möglicherweise fast zwei Stunden weg gewesen. Allemal ausreichend für ein schnelles Schäferstündchen. Karl hatte genug für heute. Er fuhr nach Hause.
»Was haste dann mit deiner Kummer gemacht?« fragte Erna vorwurfsvoll mit Blick auf Karls Nase. Schließlich machte sie ihm kalte Wickel für den Knöchel. Und als sie ihm den brennenden Rücken eincremte, meinte sie schon fast liebevoll: »Alder Hutsimbel, was nemmste dann aach nit die Creme mit!«
Jedenfalls hatte Karl in dieser Nacht keine erotischen Träume. Schon allein deshalb, weil er kaum ein Auge zutat. Normalerweise schlief er auf dem Rücken, aber der war verbrannt. Und er hatte leichtes Fieber.
»Sonneschtisch«, meinte Erna knapp und tippte sich an die Stirn.
Morgens tat ihm alles weh. Am meisten der Knöchel. Erna schüttelte den Kopf, als er ging, aber Karl war hart gegen sich selbst.

Zehn vor acht verließ Müller das Haus und dann tat sich nichts mehr. Karl kauerte unter dem mitgebrachten Sonnenschirm, zentimeterdick mit irgendeiner Pampe eingeschmiert, die zum Himmel stank.

Um 10 Uhr 30 verließ Frau Müller das Haus und stieg in den BMW. Karl wie Rumpelstilzchen zum Opel gehumpelt und hinterhergefahren.

»Jetzt krie isch disch, du Luder«, grummelte er siegessicher. Der Detektiv folgte ihr ins Parkhaus. Frau Müller war eine schicke Erscheinung im Sommerkleid, mit guttrainierter Figur und wiegendem Gang. Karl biß auf die Zähne und humpelte atemlos hechelnd durch die Innenstadt. Einkaufstour. Frau Müller verließ augenscheinlich selten das Haus, erledigte dann aber alles auf einmal. Vichy, Marc Cain, Dessous bei Perla Donna und weiß der Geier. Jedenfalls schaffte sie es, sehr schnell zu gehen und dabei elegant auszusehen. Im Gegensatz zu Karl Napp, der wie ein kleiner, fetter, fußkranker, schweißtriefender Kobold hinterherhinkte.

Im Straßencafé am Marktplatz gönnte sie sich einen Cappuccino. Karl plumpste drei Tische weiter auf einen Stuhl und stürzte zwei große Weinschorle nacheinander hinab.

»Dorscht«, flehte er die Kellnerin an.

Der Schweiß grub ihm kleine Kanäle durch die Cremepampe. Ob seines exorbitanten Geruchs rümpfte das Pärchen neben ihm die Nase. Zum ersten Mal hatte er Gelegenheit, sein Observationsobjekt aus der Nähe zu studieren. Man mußte schon dicht danebenstehen, um zu erkennen, daß sie 40 war. Sie sah eher aus wie dreißig. Und sie war ein echter Kracher. Allein schon diese endlos langen, muskulösen Beine, die ... Karls Handy klingelte ihn aus seiner Bildbetrachtung. Er drückte – wie so oft – aus Versehen das Gespräch weg. Es klingelte erneut. Erna.

»Karl! Karl bist dus? Isch bins. Stell dir emal vor. Zuerst is de Installadeur net komme unn jetzt hab ich en Zeddel im Briefkaste gefunne. Die Schmitts drohen mit Mietminderung von wesche dem Abflußrohr, des wo du kabuttgemacht hast unn ...« Erna begann den Brief vorzulesen.

Karl drückte sie weg und schreckte hoch. Frau Müller war aufgestanden. Und wieder ein hoffnungsloses Rennen, diesmal zum Parkhaus. Karl verfolgte sie hechelnd und fuhr hinterher. Sie fuhr nach Hause und sprang in den Swimmingpool. Karl schmolz wie Butter in der Sonne. Als es um acht endlich kühler wurde, kam Müller.

Karl notierte: 20 Uhr. Herr Müller zurück. Observation abbrechen.

Um 21 Uhr hatte sich Erna halbwegs beruhigt, von wegen Abflußrohr und Mietminderung. Karl ging daran, klare Gedanken zu fassen, während er sich die Fußnägel schnitt. Ab morgen wäre Herr Müller eine Woche auf Geschäftsreise.

Karl: »Noch so e paar Daach in der Hitz, unn isch fall dot um!«

Erna nickte und – petz – ein Fußnagel segelte durchs Wohnzimmer, Erna ans Ohr. »Aldie Wutz!«

Unbeeindruckt säbelte Karl weiter. »Wenn se schlau is, maust se tagsüber, wenn ihr Alder schaffe iss.«

Erna stimmte zu. »So dät isch des aach mache.«

Karl überhörte diesen Fauxpas. »Aber wenn ihr Alder weg is, kennt se aach abends kachele geh. Oder ihrn Schtescher kommt zu ihr.«

Erna stimmte zu.

Karl kam zu dem Ergebnis, daß er Frau Müller eine Woche lang rund um die Uhr observieren müsse. Und dazu brauchte er Hilfe.

Erna lehnte rundweg ab. Sie hatte keine Zeit. »Ruf doch de Mummerumer Herbert an!«

Das tat Karl.

Herbert Dickmilch, pensionierter Polizeibeamter, 65 Jahre alt, wohnhaft in Mommenheim, war auf Anhieb begeistert. Am nächsten Morgen, Punkt 7 Uhr, stand er auf der Matte.

Karl öffnete die Tür und prompt biß ihm Herberts Dackel vor Wiedersehensfreude in den verletzten Knöchel. Karl brüllte auf und fragte: »Muß des soi, mit dem Daggel?«

»Tarnung«, erläuterte Herbert fröhlich. »Alde Männer gehn gern mit ihrm Hund im Park schpaziere.« Und mit Blick auf Karls ramponiertes Äußeres fügte er hinzu: »Allemal unauffällischer als wie doi rode Kummer und de verbrennde Buggel.«

»Do hatt er rescht, Karl«, stimmte Erna zu.

»Awwer der Hund kimmt mer nit ins Audo«, maulte Karl in der Hoffnung, daß Herbert den Monsterdackel hier bei Erna ließ.

»Fahre mer halt mit meim«, brüllte Herbert fröhlich und schlug tatendurstig auf Karls schmerzende Schulter. »Wie in alde Zeide.«

In alten Zeiten waren sie zusammen Streife gefahren, bis sie besoffen den Dienstwagen in den Graben gefahren hatten. Die letzten Jahre hatten sie Innendienst geschoben.

Herbert, Karl und der Dackel Rudi fuhren zusammen nach Mainz-Kastel. Herberts Auto stank nach Hund, daß es zum Kotzen war. Er war Hobbyjäger und ein ganz großer Hundefreund. Das auffälligste an ihm war seine Nase. Herbert hatte einen riesigen Zinken im Gesicht, der vom vielen Rieslingsaufen rotgeschwollen und voller geplatzter Äderchen war. Banausen nennen so etwas Säufernase, in Fachkreisen bezeichnet man es anerkennend als »Kallstadter Gesichtsrose«.

Als Observationsteam waren sie eine echte Bereicherung. Herr und Hund benahmen sich derart ungezwungen, daß es in der Tat gar nicht unauffälliger ging. Rudi terrorisierte den halben Park und bis 10 Uhr hatte Herbert deshalb mit drei Hundebesitzern Streit angezettelt. Ansonsten trank er Weinschorle, schwitzte und strunzte in die Hecken, daß es nur so rauschte. Zwischendurch glotzte er teilnehmend auf die Brüste sich sonnender Frauen. »Was armseelische Hutzele! Karl do mußte mal hingugge. Was armseelische Dinger.« Ein andermal: »Dunnerwedder! Sack Zement, hot die dicke Ohre«, wobei er begeistert mit beiden Händen große Fußbälle in die Luft malte.

Ein paar Kindern brachte Karl bei Gelegenheit ein Lied bei: »Siehste nit die Wutz im Gaade, wie se an die Ladde brunzt.« Das kam sehr gut an. Zwei bosnische Kinder kugelten sich vor Lachen, wenngleich sie kein Wort verstanden.

Um 11 Uhr fuhr ein BMW Roadster vor, eine Frau im hypermodernen Fitneßoutfit stieg aus und verschwand im Haus.

»Vielleicht isse lesbisch«, spekulierte Herbert enttäuscht. Er meinte Frau Müller.

Zehn Minuten später verließ die Fremde zusammen mit

Frau Brezelmüller das Haus. Sie stiegen in das kleine Spielzeugauto. Karl, Herbert und Rudi wie die Teufel hinterher. Die beiden Frauen parkten vor dem Lady-Fitneßcenter in der Innenstadt. Davor warteten Karl, Herbert und Rudi geschlagene eineinhalb Stunden in der prallen Hitze. Die Hitze verstärkte den Hundegestank ins unerträgliche. Danach folgten sie dem Auto bis zu einem schicken italienischen Restaurant. Nach einer weiteren Stunde setzte die Fremde Frau Brezelmüller wieder zu Hause ab.

Nachmittags ging sie in Kastel ein paar Lebensmittel einkaufen, was Karl, Herbert und Rudi auch taten. Gegen 20 Uhr kam ein Pärchen auf Besuch. Karl notierte sorgfältig Autonummer und Personenbeschreibung.

»En flodde Dreier«, vermutete Herbert.

Um nicht aufzufallen, gingen sie vorne ans Rheinufer und setzten sich auf eine Bank. Zwei alte Herren, die einen tranken.

Um 21 Uhr 30 wurde es langsam dunkel.

»Unn weider?« fragte Karl.

Herbert sah mit seinem Nachtfernglas unauffällig in Brezelmüllers Wohnzimmer.

»Nix«, sagte er enttäuscht. »Die sitzen in de gud Stubb un babbele.«

Um Mitternacht verließen die Gäste das Haus. Kurz darauf ging im oberen Stockwerk ein Licht an, das eine halbe Stunde später gelöscht wurde. Das war's dann.

Karl notierte: 1 Uhr 30, Observationsabbruch.

Herbert schnarchte diese Nacht auf Napps Sofa.

Am nächsten Morgen hielten sie eine todmüde Einsatzbesprechung. Herbert und Rudi übernahmen die erste Schicht. Sie düsten nach Kastel.

»Duscht der sich immer noch so selde«, fragte Erna und lüftete den Hundegestank aus der Wohnung.

»Anscheinend«, sagte Karl. Mit einem Anruf bei seinem Cousin, der bei der Polizei arbeitete, bekam er die Halter der beiden Fahrzeuge heraus. Dann verglich er Brezelmüllers Aufstellung aller gemeinsamen Bekannten mit der detaillierten Aufschlüsselung aller im letzten Monat von Müllers Privattelefon angerufenen Nummern.

Um 10 Uhr klingelte das Handy: »Isch bins, de Herbert.«

»Ja, unn weider?«

»Sie rennt«, sagte Herbert. »Die macht Dauerlauf. Die flitzt schunn seit verzisch Minudde rund um de Park. Unn des freiwillisch bei der Hitz.«

»Weider obserwiere«, befahl Karl.

»Alles rodscher«, sagte Herbert.

Um 12 Uhr brachte Karl belegte Brote. Rudi rieb sich vor Freude an seinem Bein.

»Was e Wedder«, sagte Herbert schmatzend.

»Besser als wie gar käns«, sagte Karl.

Um 12 Uhr 30 verließ Frau Brezelmüller adrett gekleidet das Haus und ging zu Fuß gewohnt rasch-eleganten Schrittes Richtung Ortsmitte.

»Nix wie hinnerher«, rief die Ablösung. In der Hoffnung auf schlüpfrige Ergebnisse gingen Herbert und Rudi mit. Sie verzichteten auf ihre Freiwache.

»Was en geile Arsch«, staunte Herbert mit Blick auf Frau Müllers Gesäßbacken, die aufreizend unter dem Minirock wippten. Überhaupt, dieser Gang! Diese Mischung aus Kraft und lässiger Eleganz. Diese geballte Ladung sinnlichster Erotik bei über 30 Grad im Schatten – und das nicht in Rio, nein, mitten und ausgerechnet in Mainz-Kastel.

Karl der Fußkranke humpelte neben seinem Freund her und verglich Ernas plattfüßigen Laufstil mit dem der Brezelmüllerin. Erna Napp kam dabei nicht gut weg. Sie hatte dicke X-Beine und trat auf, daß die Wände wackelten.

»Die maust bestimmt gut«, mutmaßte Herbert mit ausufernder Altmännerphantasie.

»Mer schteckt nit drin«, meinte Karl.

Zügig näherten sie sich der Ortsmitte. Mit Ausnahme des Viertels am Rheinufer war Mainz-Kastel ein selten häßliches Pflaster. Durchzogen von zwei Hauptverkehrsachsen und einer Eisenbahnlinie, bestand der Ortskern hauptsächlich aus schnell hingeklotzten Mehrfamilienhäusern, mit denen man ab den fünfziger Jahren die heftigen Bombenschäden der vierziger zugekleistert hatte. Hinzu kam, daß man nach dem Krieg diesen Mainzer Vorort der Stadt Wiesbaden zugeschanzt hatte. Und die Wiesbadener Stadtverwaltung nutzte die neu gewonnenen Vororte Kastel, Kostheim und Amöneburg hauptsächlich als Goldesel. Man packte einfach möglichst viele Firmen dahin, kassierte mächtig Gewerbesteuer und verschönerte damit die hessische Landeshauptstadt. Und jedesmal zur Kommunalwahl wurde dieses Gebaren zum Politikum. Die Mainzer Lokalpolitiker schielten eifersüchtig auf die Wiesbadener Goldesel und forderten sie zurück. Altbürgermeister Jockel Fuchs ging sogar regelmäßig im Kostheimer Hallenbad schwimmen, um zu demonstrieren, daß man dieses alliierte Siegerdiktat niemals akzeptieren und die unter provisorischer hessischer Verwaltung stehenden Gebiete bis in alle Ewigkeit für Mainz zurückfordern würde. Die Mainzer, ansonsten nicht bekannt für basisdemokratische Bemühungen, drohten den Hessen sogar mit Volksabstimmung. Die Kasteler selbst waren ein ziemlich robust-erdverbundenes Volk, das sich alljährlich auf dem Kasteler Rasselfest austobte. Karl und Herbert gingen immer dahin, weil dort die Sauferei soviel Spaß machte. Man sah kaum Sektstände, konnte nach Herzenslust dumm daherschwätzen und blieb von langweiligen Champagnergesichtern weitgehend verschont.

»Mit so eme Fußkranke wie dir is kän Kriesch zu gewinne«, stichelte Herbert.

»Dummbabbeler«, antwortete Karl fröhlich und rülpste.

Frau Brezelmüller kaufte Sonnencreme, erstand etwas Obst und verschwand in einer großen Einfahrt. Die beiden Männer in kurzen Hosen und dem klassischen deutschen Männerunterhemd sahen sich vielsagend an. Karl zog nervös die Socken hoch, die in die Sandalen gerutscht waren.

Es war 13 Uhr 15. Seit genau 20 Minuten hielt sich Frau Müller im Hinterhaus einer vergammelten Mietskaserne auf. GRÜNBAUER: GARTEN- UND LANDSCHAFTSBAU stand auf der Tür, hinter der sie verschwunden war. Sie trollten sich zum Wasserhäuschen schräg gegenüber. Von hier hatten sie die Einfahrt im Blick. Karl spendierte zwei Römerpils.

»Ob die sich vom Gärtner berschte läßt?«

Die Frage, ob sich Frau Müller vom Gärtner bürsten ließ, war schwer zu beantworten. Karl gab zu bedenken, »daß reische Leit immer viel Ferz um de Garte mache.« Außerdem war nicht ohne weiteres einzusehen, daß sich ausgerechnet eine Frau wie Frau Brezelmüller mit einem Gärtner abgab. Karl nestelte sein Handy aus der Hose und wählte Grünbauers notierte Nummer. In lupenreinem Hochdeutsch erklärte ihm eine männliche Stimme per Anrufbeantworter, daß im Moment niemand da sei. Herbert stellte daraufhin die Theorie auf, daß gerade Frauen wie Frau Brezelmüller Sehnsucht nach festen schwieligen Händen hätten, weil »de Mensch an sich, unn Weibsleit im besonnere, wolle immer des, was se nit aus eigener Erfahrung kenne.«

Das schien nach dem zweiten Bier auch einleuchtend, zumal die Brezelmüllerin jetzt schon geschlagene 45 Minuten in Grünbauers Büro weilte.

»Was die so lang da drin macht?« fragte Karl eingedenk der eher kurzen Dauer seiner ehelichen Beischlafübungen.

»Vielleicht mausen se dreimal hinnernanner«, vermutete Herbert.

Nach genau einer Stunde und sieben Minuten kam die Schöne wippenden Ganges aus der Einfahrt.

»Du gehst der hinnerher unn isch guck mer den Gärtner an!«

»Alles rodscher«, sagte Herbert und dackelte hinter der Brezelmüllerin her.

Karl verzog sich in den Schatten des Wasserhäuschens und hörte zu. So fünf bis sechs Halunken, allesamt Einheimische, unterhielten sich mit lautstarken grölenden Säuferstimmen. Der Wortführer war »de Kostemer Fritz«. Weil Herbert vorhin etwas von Kasteler Messerstechern gestichelt hatte, führte der zahnlose Fritz ein großartiges Verteidigungsplädoyer. Wild mit tätowierten Unterarmen herumfuchtelnd, behauptete er, »es Lewedaach noch kän Kasseler miteme Messer gesehe zu habbe.« Dafür lege er seine Hand ins Feuer. Karl gab ihm recht und einen aus, damit er seine Ruhe hatte.

Fritz, reichlich angeschickert, bückte sich nach seinen entfallenen Zigaretten und – klong – fiel sein Messer aus der Jackentasche. Daraufhin mußte er nach Hause, woraufhin sich die Säufertraube überraschend auflöste. Voilà, Karl hatte seine Ruhe.

20 Minuten nach Frau Müllers Abgang öffnete sich Grünbauers Büro und heraus trat ein junger Gott. Mitte bis Ende Zwanzig, etwa einsachtzig groß, blonde Löwenmähne, schlank, bodygebildete Oberarme, auf denen diese neumodischen Tätowierungen prangten. Auf dem enganliegenden T-Shirt strahlte Grünbauers Logo. Von den schmalen Hüften baumelte lässig ein coltähnlicher Werkzeuggürtel mit integrierter Handytasche. Der Mann schloß das Büro ab und stieg in einen Pickup. Karl schoß unauffällig ein Foto dieses Prachtkerls von Landschaftsgärtner und wählte die Handynummer, die in großen Ziffern auf der Ladefläche stand.

Der Mann im Auto griff zum Handy: »Grünbauer, Gartenbau?«

»Verwählt«, sagte Karl.

Grünbauer fuhr los.

Der Detektiv ging in die Einfahrt und sah sich die Firma Grünbauer an. Er linste in das schäbige Büro, das geschlossen war. Die ganze Firma war nicht größer als eine notdürftig umgebaute Garage mit angebauter Wohnung. Daneben war ein Metallgitterverschlag, in dem ein paar Gartengeräte standen. Das Ganze sah nach einer Einmannfirma aus.

Karl klingelte Herbert an: »Herbert! Volltreffer! Die kachelt mit dem Grünbauer! Wo biste dann?«

Herbert saß schlechtgelaunt im Biergarten an der Reduit.

»Isch kumm sofort«, triumphierte Karl.

»Alles rodscher«, sagte Herbert.

Der Biergarten an der Reduit lag direkt am Kasteler Rheinufer. Und weil der Biergarten so eine schöne Lage hatte und genug Parkfläche, daß man direkt mit dem häßlichen Mercedes Cabrio so parken konnte, daß es alle sahen, war hier ein passabler In-Treff für die schönen Besserverdienenden entstanden. Der Wirt tat auch alles, um ausgerechnet diese Klientel zu versorgen. Es gab nur Bedienungen, die zwar des Rheinhessischen nicht mächtig, bei der Arbeit eher langsam, dafür aber schön anzusehen waren. Jedenfalls trafen sich dort jede Menge Pappnasen mit Zöpfchen und sorgsam gepflegtem Dreitagebart samt passender weiblicher Begleitung. Auch Freizeitradfahrer der gehobenen Klasse. Leute mit sündhaft teuren Mountainbikes samt Luxusoutfit, die tot vom

Sattel fallen, wenn sie mehr als eine Viertelstunde im dritten Gang fahren müssen. Und ausgerechnet dazwischen saßen Herbert und Rudi, an einem Tisch mit vier betriebswirtschaftlichen Möchtegernradfahrern, deren tiefsinnige Gespräche sich um Worthülsen drehten, die zwischen »numbercrunching« und »worstcase« im sinnleeren Raum sommerlicher Hitze hin- und herflitzten.

»Isch ess kään Worschtkäs«, sagte Herbert, als sie versuchten, den ach so proletenhaften Gast samt seinem bissigen Dackel ins Gespräch zu integrieren. Er kam sich vor wie sonntags im Rheingau. Dort tappte man auch ahnungslos in eine Wirtschaft, zahlte überteuerte Getränkepreise und mußte höflicherweise das Dummgeschwätz selbsternannter Globalplayer im Frankfurter Dunstkreis ertragen. Gottseidank kam jetzt Karl als Unterstützung. Ziemlich atemlos pflanzte er sich neben Herbert und zusammen stanken sie mit ehrlichem Männerschweiß gegen unsägliche Moschusdüfte an.

»Frolleinsche, Dorscht! E Sauergeschpritzder!«

Das Frolleinsche mußte nachfragen, um was es sich bei dieser extraordinären Bestellung handelte.

»Ein großer Woischorle«, dolmetschte Herbert für seinen Freund in deutsch.

»Eine Weißweinschorle?« fragte sie.

»Ei was dann sunst!«

Die Weißweinschorle gab es nur im 0,3-Literglas und reichlich dünn eingeschenkt, was karlseits zu einem Plädoyer gegen die Krise des Gastronomiestandorts Deutschland führte, bis ihn Herbert ablenkte: »Karl! Gugg emol die do. Wie die isst!«

Die do war eine affektiert aufgetakelte Frau am Nebentisch, die versuchte, ein Würstchen zu essen. Dabei mußte sie einen angestrengten Froschmund bilden und jeweils mikroskopisch kleine Wurststückchen abnagen, damit der Lippenstift nicht verschmierte. Karl dachte sofort an Erna. Wenn Erna ein Würstchen aß, kniff sie vorher in erwartungsvoller Freude die Augen zusammen, öffnete den Mund weit, biß herzhaft zu und kaute hingebungsvoll, wobei man ihr die Freude am Genuß ansah.

»Wenn die so äner lutscht, wie se ißt, dann hat se awwer gar kän Schpaß an de Mauserei«, prustete Herbert.

»Huah, huah«, blökten Karl und die Detektive.

Und damit hatten sie das moschusduftende Gesocks am Tisch endlich weggeekelt. Angewidert von derart ordinärem Gebaren, setzten die vier Luftpumpen ihre vier schicken Sonnenbrillen auf, gingen zu ihren vier schicken Bikes und fuhren in Zeitlupe von dannen.

Endlich konnten sie frei reden. Karl berichtete von Grünbauer. Herbert deutete auf Frau Brezelmüller. Die saß zehn Meter weiter, unterhielt sich mit einer Freundin, beide aßen figurbewußte Salate und schlürften Champagner. Wie immer, wo sie auftauchte, zog sie gierige Männerblicke auf sich.

»De Grünbauer is ihrn Schtescher«, sagte Karl. »Awwer mer brauche Beweise.«

»In flagrandi?« fragte Herbert.

»Genau«, sagte Karl.

»Aber wie?«

»Ewo«, bestätigte Karl. Eben, sie brauchten Beweise für das Fremdgehen der Brezelmüllerin. Fotos, Tonbandaufnahmen, Videokassetten brauchten sie. Einwandfreie dokumentarische Beweise der unsittlichen fleischlichen Berührung zwischen der schönen Brezelmüllerin und dem schönen Grünbauer.

Aber vorerst mußte der Observationserfolg gefeiert werden. Karl rief bei Erna an und meldete, daß man heute Nachtschicht schieben müsse. Für den nächsten Tag vereinbarten die Detektive, daß sie sich splitten müßten. Herbert sollte die blonde Müllerin beaufsichtigen und Karl den blonden Gärtner. Spätestens beim nächsten Rendezvous würden sie zusammentreffen, sofern Karls Verdacht zutraf.

Als die Müllerin samt Freundin ging, wurden beide von Karl unauffällig fotografiert. Danach war Dienstende.

Karl, Herbert und Rudi gingen in die Athletenklause, bestellten zwei Athletenplatten in Form großer Fleisch- samt Pommesberge und soffen große Weißweinschorlen in 0,4-Litergläsern zu angebrachten Preisen. Hier war die Welt noch in Ordnung.

»Jedenfalls ...«, rief Karl,

»... is de Kopp digger als de Hals«, vollendete Herbert.

»Unn uff alle Fäll ...«, brüllte Karl weiter,

»... iss ä Fotz kä Frikadell«, schrie der Nebentisch, bestehend aus fünf gestandenen Kegelfrauen.

Die Kegelfrauen gaben noch eine Runde Schnaps aus. Herbert, Karl und Rudi hingen in den Seilen. Aus Achtung vor dem weiblichen Geschlecht quälten sie sich den letzten Schnaps hinein.

»Nambergransching ...«, laberte Karl,

»... iss Worschtkääs«, grölte Herbert und forderte: »Reschnung!«

Karl zahlte und verlangte lallend einen »Bewittungsbelesch«, den er auch bekam, samt zwei Schnaps aufs Haus. Auch den allerletzten Schnaps quälten sie sich hinein, obwohl er beiden schon zu den Ohren herauskam.

Dann liefen sie los. Ruckzuck fiel Karl in den Graben. Auf allen Vieren arbeitete er sich hoch. Es regnete. Aber es war so heiß, daß der Regen warm war. Als er oben war, erkannte er, daß es gar nicht regnete, sondern Herbert in den Graben gepinkelt hatte. Karl versuchte ihm aufs Maul zu hauen und bekam Ärger mit Rudi. Dann führte sie Rudi zurück zur Athletenklause, wo eine der Kegelfrauen mit Karls Handy ein Taxi rief und noch zwei Schnaps bestellte. Karl und Herbert quälten sich würgend den alleralleretzten Schnaps hinein und ließen sich von den Kegelfrauen ins Taxi setzen.

Auf der Nachhausefahrt wurde Herbert schlecht. Er kotzte ins Taxi und verlor sein Gebiß. Rudi bellte. Der Taxifahrer schimpfte. Karl verlor den Überblick. Zu Hause angekommen, wollte der Taxifahrer wegen Herberts Kotzerei viel Geld. Karl hatte nicht genug, Herbert fingerte auf der Suche nach seinem Gebiß im Erbrochenen und Rudi bellte vor Freude, weil er Erbrochenes fressen und seinen Herrn verteidigen durfte, indem er den Taxifahrer in die Hand biß.

Karl torkelte zur Haustür, konnte den Schlüssel nicht mehr einführen und wußte nicht mehr, wie er hieß. Deshalb klingelte er alle zwölf Parteien wach und brüllte: »Siehste nit die Wutz im Gaade, wie se an die Ladde brunzt.«

Jedenfalls gab es einen Mordsaufstand. In den Wohnungen über der Haustür gingen die Lichter an. Besonders Frau Schmitt keifte empört etwas von wegen Ruhestörung und Polizei rufen.

»Bleed Bichs«, grölte Karl und pisste in den Vorgarten.

Erna zahlte schließlich den Taxifahrer aus und zerrte die Detektive herein. Karl, Herbert, Rudi – wer auch immer, mußte in dieser Nacht dauernd pinkeln, verwüstete auf Toilettensuche die Wohnung und pinkelte weitläufig neben die mit Strickwerk verzierte Klobrille. Beim Erwachen riß ihnen Erna den Kopf ab. Rudi bekam Angst und versteckte sich unterm Tisch. Hutsimbel, Dreckämer, Nachtkappe, Dummbeidel und alde Sächbeck wurden sie geheißen. Dagegen waren sie ziemlich hilflos. Was sollten sie auch sagen. Nur Karl traute sich einmal einzuwenden: »Mer werd doch emol ääner dringe derfe«, was er nicht hätte tun sollen.

»Was e Schand!« bellte Erna und hob zu einer langen Tirade an, in der viel die Rede war von ihrer Mühe und Plage, ordentliche Mieter zu finden, die das Haus in Ordnung hielten, und jetzt so was. Man müsse sich ja in Grund und Boden schämen. Herbert war das alles etwas peinlich. Als echter Freund wollte er Karl aus der Schußlinie und alles auf sich nehmen.

»Awwer Erna, def war allef moi Pfuld, unn ...«

»Du bist am beste ganz ruhisch! Iwwerhaupt! Wo iss dann jetzt doi Gebiß?«

Herbert zuckte mit den Schultern. In der Nacht hatte er sich noch einmal erbrochen. Wahrscheinlich war dabei das Gebiß mit in die Toilette gefallen. Jedenfalls war es weg.

Erna warf sie einfach raus. Sie mußte die verwüstete Wohnung wieder auf Vordermann bringen. Karl, Herbert und Rudi wankten schweigend über die Theodor-Heuss-Brücke nach Mainz-Kastel. Sie trennten sich. Herbert und Rudi sollten vor Brezelmüllers Villa Posten beziehen, Karl ging zu Grünbauer.

»Aha«, dachte Karl mit dem dicken Kopf. Er hatte sich getäuscht. Grünbauer war keine Einmannfirma, es war eine Zweimannfirma. Grünbauer hatte einen Angestellten. Er saß vor dem Büro an einem Campingtisch und las Bildzeitung.

Karls Kopfschmerzen kamen in heftigen Wellen. Er bekam Schweißausbrüche, es ging nicht mehr. Er mußte sich ein Stündchen hinlegen. Also lief er zum Park, wo sein Auto stand. Vorher wollte er noch Herbert kontrollieren.

Herbert war nicht auf Posten. Herbert lag in seinem Auto hinter dem Steuer, den Fahrersitz weit nach hinten gestellt. Er schnarchte mit offenem, zahnlosem Mund, schwadenweise gewaltigen Alkoholgeruch, veredelt mit dem Dunst von Erbrochenem, ausstoßend. Karl legte sich daneben auf den Beifahrersitz. Die Observation mußte heute vormittag ausfallen. Zur Belustigung vorbeikommender Passanten schnarchten sie im lautstarken Duett bei offenen Fenstern.

Gegen 10 Uhr donnerte ein etwa sechsjähriges Mädchen auf Inlineskatern durch die Straße. Es hatte eine Brille, ein zugeklebtes Auge und eine Zahnlücke. Jedenfalls machte es sich einen Heidenspaß daraus, so nahe am Auto vorbeizufahren, daß Rudi wie ein Irrer darin herumtobte. Herbert pflaumte sie an. Das Mädchen lachte sich krank über den zahnlosen Opa und äffte ihn nach. »Mach dif doch felber vum Acker!«

Karl schiß sie furchtbar zusammen. Die Rotzgöre verschwand. Es war wieder Ruhe. Sie schliefen ein. Ein paar Minuten später klopfte jemand an die Fensterscheibe. Karl öffnete mühsam ein Auge und sah genau in das wütende Gesicht der grün-alternativen Mama. Daneben brüllte das heulende Mädchen schreiend: »Das ist der Onkel, der mir den Pipimann gezeigt hat!«

Karl öffnete mühsam die Fensterscheibe.

Die empörte und betroffene Mama legte los: »Was fällt ihnen ein, mein Kind ...«

Weiter kam sie nicht. Eigentlich wollte Karl etwas sagen, aber es gelang ihm nicht, weil er rülpsen mußte. Er entließ einen urgewaltigen, hoch alkoholhaltigen Büffelrülpser, genau ins Gesicht seiner Kontrahentin.

»Loß mich bloß in Ruh, bleed Schnersch«, sagte er noch zu ihr.

»Bleed Fneck«, setzte Herbert hinterher.

Mit Kind und Kinderwagen zog sie ab und stürmte die Polizeistation Mainz-Kastel, wo sie einen derartigen Aufstand produzierte, daß der Diensthabende gar nicht anders konnte, als eine Polizeistreife in Bewegung zu setzen. Es war nicht von Vorteil, daß eine junge Beamtin und Mutter den Fall aufnahm. Es war auch nicht von Vorteil, daß Rudi der Frau ins Bein beißen wollte. Es war auch nicht gut, daß Karl und Herbert sich nicht ausweisen konnten, weil sie ihre Papiere bei Erna vergessen hatten. Und gar nicht von Vorteil war es, daß sie nicht fit, sondern hochgradig restalkoholbelastet waren. Erschwerend kam hinzu, daß sie es als ehemalige Polizeibeamte hätten besser wissen müssen. Und überhaupt war der Tag für den Arsch. Zwar wurde der Verdacht auf versuchten Kindesmißbrauch fallengelassen, aber was blieb war die Anzeige der Mutter wegen Beleidigung.

Um 12 Uhr 30 verließen sie die Polizeistation. Auto zu fahren, trauten sie sich nicht. Also liefen sie zu dritt zu Erna. Sie war nicht zu Hause. Karl stellte ihr den mitgebrachten Blumenstrauß auf den Küchentisch, dann gingen sie in den Keller.

Karls Partykeller hieß »Karls blaue Lagune«, war ausschließlich selbst zusammengezimmert und ein echter Fall für die Geschmackspolizei. Sie legten sich aufs Sofa und schliefen bis zum Abend. Dann ging Herbert mit Rudi nach Kastel zu seinem Auto. Er fuhr nach Hause, um sein Ersatzgebiß zu suchen. Karl schlich sich aus der blauen Lagune nach oben in die Wohnung. Er vermied es sorgfältig, irgendwelchen Hausbewohnern zu begegnen. Erna telefonierte gerade: »Unn wäßte, was er gestern gemacht hat, der alde Saubeidel. Der war so vollgesoffe, daß er ...«

Karl hörte zu, was er gestern alles angestellt hatte. So ganz genau wußte er es ja auch nicht mehr.

Erna beendete das Telefonat und warf ihm einen vernichtenden Blick zu. »Des war es Moni!«

Karl seufzte. »Es Moni« war seine Schwiegertochter.

»Es Moni hat am Wocheend Gebortsdaach, unn do fahr isch hin!«

Des aach noch, dachte Karl entsetzt. Um nichts in der Welt wollte er zu seinem mißratenen Sohn nach Marburg fahren, um ausgerechnet Monis Geburtstag zu feiern und diese verzogenen grün-alternativen Rotzbälger zu ertragen, von denen mit Sicherheit jede Menge da wären, weil Sohn und Schwiegertochter nur solche Leute kannten, die ihnen exakt aus dem Gesicht geschnitten waren. Angehende Religions-

und Deutschlehrer, auf jeden Fall grün-alternative Frömmler und Heuchler, die mit ihren Uralt-Käfern Tonnen von Blei in die Luft bliesen und anderen das Porschefahren verbieten wollten. Die ihre Katzen lebenslänglich in winzig kleine Wohnungen sperrten, aber viel über Tierschutz und artgerechte Tierhaltung daherschwadronierten. Die auf Urlaubsreise die Ozonschicht von Frankfurt bis Nepal und zurück versauten, aber die Neckermänner auf Mallorca schlechtmachten. Mit Grausen erinnerte sich Karl an Monis letzte Geburtstagsfeier, wo ihn sein bescheuerter Sohn auf die Seite genommen und ihm gesagt hatte, daß er weniger trinken und vor allem keine frauenfeindlichen Witze erzählen solle. Dieses langweilige Trockenbrötchen von Sohn.

Karl: »Da kann isch nit mitfahre, wesche meim Fall. Da muß isch obserwiere.«

Erna: »Du sollst ja aach nit mitfahre, du hoffnungsloser Fall!«

Karl atmete erleichtert auf. Anscheinend waren Sohn, Schwiegertochter und Erna der gemeinsamen Meinung, daß Karl die Feier nicht versauen sollte. Aber er hatte sich zu früh gefreut.

Erna: »Isch fahr mit em Zuch hoch un es Moni bringt misch widder mit em Audo hääm. Es bleibt dann zwä Daach hier.«

»Mit dem Kind?« fragte Karl vorsichtig.

»Mit deinem Engelkind«, sagte Erna.

Um Goddes wille, dachte Karl, sagte aber nichts.

»Außerdem«, fuhr Erna fort, »außerdem hat vorhin dein ehemalischer Kollesch, de Binger Hansi, angerufe.«

»Ja, unn weider?« fragte Karl.

Erna: »Es täde gege disch uff dem Polizeirevier in de Weißliliegass e Anzeische weschen Beleidischung vorliesche. Unn zwar hättste zu de Frau Schmitt ausm dridde Schtock heit nacht bleed Bichs gesacht.«

»Die bleed Bichs, die bleed«, zischte Karl aufrichtig empört.

Von den Vorfällen in Kastel erzählte er lieber nichts. Der Rest des Abends verlief schweigend. Erna sah fern und sprach nur das Nötigste mit Karl. Der erledigte aus schlechtem Gewissen alle Dinge, die er für gewöhnlich liegenließ. Immerhin sagte sie ihm »Gute Nacht«.

Da an diesem Tag die Observation komplett ausgefallen war, konnten alle Personen ungestört ihrem Tagwerk nachgehen. Frau Müller sonnte sich am Pool, andere mußten arbeiten.

Stanislaus Kwiatkowsky kam kurz vor 7 Uhr morgens zu seinem Arbeitsplatz. Er schloß das Büro auf, stellte den Anrufbeantworter aus und die Kaffeemaschine an. Dann holte er eine Motorsäge aus dem Verschlag, legte sie auf den Werkzeugtisch und nahm sie auseinander. Dabei pfiff er ein Liedchen. Er säuberte die einzelnen Teile sorgfältig von Sägemehlspänen und baute sie wieder zusammen. Er spannte die abgelutschte Kette in den Schraubstock und feilte die einzelnen Glieder scharf. Eine filigrane Handarbeit. Weil es so warm war, zog er das Hemd aus. Er pfiff und schlürfte zwischendurch Kaffee. Dann prüfte er jedes einzelne Kettenteil mit der Fingerspitze auf seine Schärfe. Messerscharf. Er spannte die Kette wieder in die Säge und suchte Werkzeug zusammen, das er in eine große Metallkiste packte. Die große Metallkiste wog etwa 100 Kilo. Stanislaus hob sie hoch und verstaute sie auf der Ladefläche des Pickup. Anschließend wusch er sich die Hände und stellte den zusammenklappbaren Campingtisch vors Büro in die Sonne. Er legte eine adrett saubere Tischdecke darüber, schmiß den Gaskocher an und eine große Fleischwurst in den Topf.

Er sah auf die Uhr. Zeit, den Chef zu wecken. Stanislaus, genannt Stany, dachte kurz nach und entschied sich für die sicherste Methode. Die Motorsäge mußte sowieso geprüft werden. Stany nahm die Säge und ging vor das Fenster der Wohnung, die direkt hinter dem Büro lag. Er warf die Säge an und gab ein paarmal Vollgas.

»Aufstähen! Ist sich schon 8 Uhr durch. Die Vegel zwitschern schonn!« Dann holte er die Fleischwurst aus dem Topf, öffnete mit den Zähnen eine Bierflasche und frühstückte. Es gab warme Fleischwurst, Brot, Senf, Bier und Bildzeitung.

Marcus Grünbauer schreckte von Null auf Hundert aus dem Tiefschlaf. Es war, als ob die Motorsäge direkt das Bett durchfräsen würde. »Arschloch«, stammelte er hilflos und wälzte sich aus den Federn. Er tappte zur Dusche. Erst warm, dann kalt, dann wurde er langsam wach.

Stany fraß genüßlich seine Fleischwurst, rülpste kräftig, streckte die Beine von sich, rauchte eine Zigarette und blinzelte zufrieden in die Sonne des schäbigen Kasteler Hinterhofs. Ein schöner Tag.

Er hatte kurze Haare, einen kurzen Bart und eine dreimal gebrochene Nase. Er wog hundert Kilo und war mittelgroß, wobei sich nur wenig Fett auf den Hüften sammelte. Wenn er die Zigarette zum Mund führte, blähte sich sein Bizeps zu einem Ballon, auf dem man Messer springen lassen konnte.

Stanys Muskeln waren nicht im Fitneßstudio gewachsen. Er war Deutschpole oder Polendeutscher, wie man will, jedenfalls aus Oberschlesien. In seinem fünfundvierzigjährigen Leben hatte Stany schon mehr erlebt, als andere Menschen jemals im Fernsehen gesehen oder in Büchern gelesen haben. Berufsmäßig hatte er eigentlich nichts gelernt, war aber universal einsetzbar. Er war polnischer Bergmann in Kattowitz gewesen. In Deutschland hatte er als Schiffschaukelbremser, Maurer, Elektriker und Automechaniker gearbeitet, und jetzt betätigte er sich als Gartenbauer. Seine Hände waren groß wie Schaufeln und packten zu wie Schraubstöcke. Wenn er wütend war, was selten vorkam und für niemanden ratsam, strahlte sein Anblick in etwa dieselbe Gefährlichkeit aus, wie die Sicht in einen geladenen Revolverlauf.

Ansonsten war Stany eine Seele von Mensch, der sich Gedanken über das Leben machte. Nüchtern redete er eher wenig. Wenn er getrunken hatte – trinken fing bei ihm etwa ab 18 Bier an –, sagte er manchmal: »Weißt du, jeder Mänsch hat nur ein Arschloch. Du kannst dirr zwar Arschloch vergolden, aber bleibt sich immer dassälbe. Arschloch bleibt Arschloch.«

Und damit hatte Stany recht.

Marcus Grünbauer trocknete sich ab, fönte sich, schmierte Deo unter die Achseln und trat vor den Spiegel. Er prüfte die Frisur. Sie saß. Er stellte sich kurz in Positur. In vollkommener Harmonie berührte die blonde Löwenmähne die braungebrannten Schultern. Den linken Arm in die Hüfte gestemmt, den rechten angespannt über den Kopf erhoben, zeichnete sich das Muskelspiel vom Bizeps bis zum Waschbrettbauch ab. Marcus cremte den Alabasterkörper ein und wendete sich der Kleiderfrage zu. Er entschied sich für eine enge abgeschnittene Jeans, die seinen geilen Arsch betonte und darüber ein ausgewaschen-lässiges T-Shirt mit Firmenaufdruck, das er in die Hose steckte, damit es nicht zu lässig aussah und die schmalen Hüften betonte. Als Fußbekleidung wählte er Bundeswehrstiefel mit schick darübergeschlagenen weißen Socken. Dann trank er eine Tasse Kaffee und ging mit Stany den Tagesplan durch.

Stany fuhr den Pickup und war pünktlich um 9 Uhr 30 an der angegebenen Adresse im Gonsenheimer Villenviertel. Er klingelte bei Frau Dr. Fiesebrecht und schleppte das Werkzeug in den Garten.

Zehn Minuten später kam Grünbauer mit der Jamaha XT-500. Der Löwenmähnige zog die große Tarzanshow ab. Stany reichte ihm das Seil. Tarzan nahm das Seilende zwischen die Zähne und kletterte den Baum hoch. In zwölf Meter Höhe knotete er das Seil um die Baumspitze. Behende wie ein Affe kam er wieder herunter und gab Stany Anweisungen. Der nickte.

Grünbauer riß das Anlaßseil aus der Motorsäge und ließ sie aufheulen. Spätestens jetzt stand Frau Fiesebrecht gebannt auf dem Balkon, um zu sehen, wie der Baum stückweise gefällt wurde. Stückweise, weil das Nachbarhaus beschädigt würde, wenn man den Baum unten fällen und er mit der ganzen Länge gegen das Nachbarhaus donnern würde.

Grünbauer packte die Motorsäge in eine provisorische Tragevorrichtung auf seinem Rücken und kletterte den Baum hoch. Oben setzte er sich rittlings auf einen Ast und sägte den Stamm unterhalb der befestigten Leine an.

»Zieh«, kommandierte Tarzan. Stany zog die Leine an.

Was Grünbauer da oben veranstaltete war vollkommener und gefährlicher Blödsinn. Der Mann an der Leine mußte das nötige Feingefühl und die Kraft haben, im richtigen Moment anzuziehen, damit der angesägte Stamm in die gewünschte Richtung fiel, anstatt dem Säger auf den Kopf. Es reichte schon, wenn sich der Stamm auf die Säge legte und sie blockierte. Aber wie immer hatte Stany die richtige Stelle zum Sägen ausgesucht und zog im richtigen Moment mit entsprechender Kraft am Seil, um dem Baum die richtige Fallrichtung zu geben.

»Timber«, brüllte Grünbauer theatralisch und die obersten drei Meter Baum fielen krachend zu Boden. Tarzan hängte die Säge in den Baum und kletterte herunter. Derweil hatte Stany das Seil vom abgesägten Baumstück gelöst und gab es Tarzan. Tarzan nahm es zwischen die Zähne und kletterte hoch.

Das Spiel begann von neuem. Nach dreimaligem Hoch- und Runterklettern samt Timbergeschrei lag die Buche flach im Garten, des Nachbars Anwesen unversehrt. Frau Dr. Fiesebrecht war hellauf begeistert und beeindruckt. In ihrem behüteten urbanen Leben hatte sie noch nie gesehen, wie ein Baum gefällt wurde. Der Riesenbaum innerhalb solch kurzer Zeit in die Horizontale zerlegt!

Grünbauers Show ging weiter. Stany reichte ihm die schwere Axt. Tarzan stellte sich breitbeinig hin und hackte die Äste vom Stamm ab. Das hätte man auch mit der Motorsäge machen können, aber so sah es besser aus. Marcus kam ins Schwitzen und zog das Hemd aus. Sah aufreizend aus, wie die blonde Mähne flog und das Eisen in den Baum fuhr. Und weiter ging's. Derweil sich Tarzan die Schweißtropfen trocknete, sägte Stany mit der Motorsäge den von Ästen befreiten Stamm in meterlange Stücke.

Jetzt kam die Krönung. Tarzan spaltete den Stamm. Stany holte einen Eisenkeil und setzte ihn auf den Stamm. Tarzan holte mit dem großen Vorschlaghammer weit aus und drosch auf den Keil, bis sich der Stamm teilte und in zwei Hälften zerfiel. Frau Dr. Fiesebrecht war begeistert von den Fähigkeiten und dem Muskelspiel Tarzans.

Tarzan selbst war außer Atem. Stany fing an, die Baumstücke auf den Pickup zu laden. Tarzan gab ihm lässig Anweisungen und brachte seinen angeschwollenen Bizeps in Positur. Stany winkte, für die Auftraggeberin nicht sichtbar. Marcus kam zu ihm.

»Da hinten in der Äcke stäht ein Ahorn. Sieht sich scheiße aus, weil sich ist falsch gäschnitten. Ahorn muß weg. Soll eine schene Bioteich anlegen und Chinabambus drumrum. Am bästen ist, schwätz ihr einen kleinen Pavilliong auf.«

Marcus nickte und ging mit Stany zurück in den Garten. Sich mit dem T-Shirt den Schweiß abwischend, trat er zu Frau Dr.

Fiesebrecht auf die Terrasse und nahm dankend das angebotene Getränk an. Mit Feldherrenblick übersah er den Garten.

»Sie haben einen tollen Garten, Frau Fiesebrecht.«

Sie nickte, betört ob des Anblicks – sowohl des Gartens als auch Grünbauers.

»Frau Fiesebrecht, ohne die Buche ist der Garten total verändert.«

Frau Doktor stimmte zu.

»Sie haben Fläche gewonnen.«

Sie nickte.

»Aber jetzt stimmen die Proportionen zwischen Fläche und Gewächsen nicht mehr. Sehen Sie dahinten den Ahorn – er ist übrigens falsch geschnitten –, der paßt jetzt gar nicht mehr in die Landschaft. Ich würde Ihnen einen Bioteich empfehlen mit Chinabambus und Pavillon. Und dann ...« Mit weitausholenden, überzeugenden Bewegungen schilderte Marcus Grünbauer Flair und Ambiente eines märchenhaften Gartens, dessen Realisierung nur eine läppische Frage des Geldes sei.

Derweil räumte Stany den Dreck auf den Pickup. Bis Frau Fiesebrechts Kinder – adäquat verzogene akademische Rotzlöffel – aus der Schule kamen, hatte Marcus Grünbauer einen nachhaltigen erotischen und gartenbauspezifischen Eindruck hinterlassen. Aber mit Ankunft der Bälger war der ungestörte Zauber vorbei. Grünbauer setzte sich auf sein Motorrad und flog mit wehender Mähne ohne Helm davon. Stany klaubte die Reste zusammen und fuhr die Buche in drei Fuhren weg. Das Grünzeug und die dünnen Äste auf den städtischen Grünmüll, das Holz zu einem Schlaumeier, der 10 Kilo abgepacktes Kaminholz in kleinen Säckchen an gutsituierte Idioten verkaufte, die entsprechende Preise zahlten. Von der Sorte gibt es viele im Rhein-Main-Gebiet. Auf dem Rückweg sah Stany in der Firma vorbei, machte Mittag und hörte den Anrufbeantworter ab. Neben dem Telefon lag ein Zettel.

»Hallo Stany!

Habe ein Rendezvous in der Stadt und muß anschließend ins Fitneßcenter. Bitte mach den Garten von der bescheu-

erten Berlinger fertig und kassiere die Kohle. Morgen früh 10 Uhr wecken.
Bis dann
Marcus«

Stany erledigte den Garten der bescheuerten Frau Berlinger und kassierte die Kohle. Dann düste er auf eigene Rechnung los. Er fällte und entsorgte einen Baum. Das geschah ohne Showeinlagen und doppelt so schnell wie bei Marcus. Stany steckte sich die vierhundert Mark schwarz in die Tasche und machte Feierabend.

Stany war zufrieden mit seinem Chef. Er mußte ihm zwar dauernd den Unterschied zwischen einer Fichte und einer Tanne erklären, aber dafür verlor Marcus auch kein Wort über Stanys Schwarzgeschäfte. Und daß Marcus keine Ahnung von Gartenbau hatte, tat nichts zur Sache. Er hatte das Talent, Kunden zu finden, die noch weniger Ahnung von Gartenbau hatten als er selbst. Marcus hatte sich auf die Sorte Kunden spezialisiert, die kleine 10 Kilosäcke Kaminholz kaufen.

Den Rest des Abends verbrachte Stany in einer Hinterhofgarage, wo er bis 23 Uhr pfeifend und biertrinkend ein Auto aufmöbelte. Natürlich schwarz.

Marcus Grünbauer war 27 Jahre alt und ein Mensch mit wenigen, aber ausgeprägten Eigenschaften. Er hatte einen ebenso eindeutigen wie starken Sexualtrieb und war faul. Ansonsten war er hochgradig eitel, was die Proportionen seines geschmeidigen Alabasterkörpers anging. Eigentlich interessierte er sich nur für Sport und Bumsen. Das war schon als Schüler so gewesen. Deshalb hatte er auch angefangen, Sport zu studieren. Sein Studium hatte er selten in Hörsälen oder Seminaren, sondern vorwiegend in Freibädern und Fitneßcentern absolviert, was dazu geführt hatte, daß ihm mangels Scheinen der Bafögbahn zugedreht wurde, und er sich nach nichtstaatlichen Erwerbsmöglichkeiten umsehen mußte. So hatte er im Sommer bei einer Gartenbaufirma gejobbt und im Winter als Trainer im exclusiven Lady-Fitneßcenter. In sexueller Hinsicht hatte er sich eindeutig spezialisiert. Marcus pflegte einen Hang zu reiferen Frauen, am liebsten verheirateten, die Abwechslung vom langweiligen Ehebett suchten.

Erstens gingen sie ab wie eine Rakete, zweitens besaßen sie Geld und drittens hielten sie den Ball flach, wenn er keine Lust mehr hatte, weil sie kein Interesse an der Auflösung ihres ehelichen Verhältnisses hatten. Deshalb war tagsüber das Fitneßcenter und nachts die Hyatt-Bar in Mainz sein bevorzugtes Jagdrevier. Irgendwann kam er auf die Idee, das Angenehme mit dem Finanziellen zu verbinden. Die Sorte Frauen, die er mochte, lebte meistens in einem schicken Haus mit Garten und hatte tagsüber Zeit, während die Männer arbeiteten und die Kinder in Hort oder Schule waren. In seiner Zeit als Aushilfsgärtner konnte er in dieser Hinsicht einschlägige Erfahrungen sammeln. Dann hatte er seinen ehemaligen Vorarbeiter Stany angehauen. Stany brachte das Know-how und die Kundenliste seines bisherigen Chefs mit. Die Frauen zahlten direkt mit Geld oder Aufträgen für die Firma Grünbauer.

Marcus hatte schließlich alle Hände voll zu tun, um seine Rendezvous zu koordinieren und gleichzeitig ein wenig zu arbeiten. Aber für Letzteres war ja vorwiegend Stany zuständig. Jedenfalls prosperierte die Firma. Stany verdiente gut, Marcus konnte bumsen bis ihm die Eier wehtaten und bekam sogar noch Geld dafür.

Grünbauer vögelte mit seinem Rendezvous und ging danach ins Fitneßcenter. Heute lag der Schwerpunkt auf dem Trizeps, dessen perfekte Definierung eine Sonderbehandlung benötigte, was Marcus mit ernsthafter Konzentration bewerkstelligte. Danach hatte er frei. Den Rest des Abends verbrachte er zu Hause, wo er sich Videos ansah und in einigen seiner unzähligen Bodybuilding- bzw. Tatoozeitschriften blätterte. Er suchte ein hübsches Motiv, das sich seitlich über den Rücken bis auf die rechte Arschbacke schlängeln sollte. Es sollte gschmackvoll aussehen und Verwegenheit ausstrahlen. Dann löschte er das Licht und schlief. Marcus Grünbauer lebte gesund. Er achtete auf seine Ernährung, rauchte nicht, trank wenig und schlief ausreichend. Was er nämlich auf jeden Fall vermeiden wollte, waren Falten in seinem schönen Gesicht.

Zweieinhalb Stunden angestrengter Small talk waren genug. Sabine Müller nützte eine günstige Gelegenheit, um aufzustehen und nach draußen auf den Balkon zu gehen. Da ihr

Mann auf Geschäftsreise war, vertrat sie allein die Brezelmüllers auf der Einweihungsparty in der aufwendig renovierten Penthousewohnung über den Dächern der Altstadt von Mainz. Sie zündete sich eine Zigarette an und blickte durch die Glasscheibe auf die Partygäste. Man sah, wie sie die Münder öffneten und schlossen. Sabine Müller hörte zwar nichts durch die Glasscheibe, wußte aber genau, was sie sagten. Sie sagten dasselbe wie seit 20 Jahren. Es ging um Geschäfte und Klatsch, um Mainz 05, um Lokalpolitik und wer mit wem. Manchmal kam ein neuer Unternehmer, ein neuer Arzt, ein neuer Stadtverordneter oder ein neuer Anwalt zu diesen Festen, aber es blieb immer das Gleiche. Und Sabine Müller war die Frau des im Moment abwesenden Rudelführers. Seit 20 Jahren spielte sie überzeugend die aufmerksame Gattin und treusorgende Mutter. Mit Energie und Beharrlichkeit hatte sie sich zur Grande Dame dieses Klüngels emporgearbeitet. Sie sah immer etwas besser aus, war immer etwas geschmackvoller gekleidet und hatte immer etwas mehr Witz als die anderen Frauen. Ein nicht zu verachtendes Instrument der sozialen Führung waren Frau Müllers sportliche Aktivitäten. Nach und nach begeisterte sie die anderen Frauen für regelmäßige Champagnerkränzchen nach gemeinsamen Aktivitäten im Tennis- und Lady-Fitneßclub. Dabei erwarb sie sich viel Bewunderung, nicht wenig Vertrauen und teilweise sogar halbwegs aufrichtige Freundschaft.

Und das alles hatte Sabine Müller satt. Und zwar restlos. Sie war nicht mit dem goldenen Löffel geboren worden, im Gegenteil. Es war ihre Schönheit und ihr Charme, mit deren Hilfe sie sich Brezelmüller geangelt hatte. Und sie hatte nie das Getuschel und Gerede und die spitzen Andeutungen vergessen, mit denen man sie vor 20 Jahren hier empfangen hatte. Und daß Brezelmüller immer fetter wurde und ihr gegenüber immer gleichgültiger, war ihr auch nicht entgangen. Mit Ausnahme pubertierender Verwirrungen hatte sich Sabine Müller noch nie großen Illusionen in Bezug auf Männer hingegeben. Auch und gerade nicht bei Brezelmüller. Aber jetzt, mit Vierzig, war sie verliebt. Ausgerechnet. Und sie war derart verliebt, daß sie bereit war, 20 Jahre Brezelmüller hinter sich zu lassen und neu anzufangen. Ihre Tochter würde das verstehen, da war sich Sabine Müller sicher. Und der Erzeuger würde sich finanziell großzügigst um das Töchterlein kümmern, das war auch sicher.

Aber der Haken war der Ehevertrag. Ihr Mann – auch in dieser Beziehung cleverer Geschäftsmann – hatte mit ihr einen ebenso cleveren Ehevertrag geschlossen. Erstens würde er aus beleidigter Eitelkeit in die Luft gehen und ihr zweitens nach einer Scheidung keinen Pfennig geben. Sabine Müller war gelernte Spielzeugfachverkäuferin und hatte in diesem Beruf sogar mehrere Monate gearbeitet. Dann hatte sie dies und das gemacht. Schließlich war sie als Barmädchen in Mainz gelandet und hatte sich den begehrten Brezelmüller geschnappt. Ihre Chancen auf dem Arbeitsmarkt beurteilte sie sehr realistisch. Sie waren beschissen. Sobald ihr Mann von ihrem Verhältnis Wind bekäme, würde er die Scheidung einreichen. Blieb also nur ein heimliches Verhältnis und offizielles Gattinnendasein. Auch das ist beschissen, wenn man verliebt ist.

Sabine Müller überlegte kurz, ob sie die Abwesenheit ihres Mannes ausnutzen und bei ihrem Geliebten vorbeischauen sollte, aber das verkniff sie sich, vorsichtig wie sie war. Sie schnippte die fertig gerauchte Zigarette über den Balkon in die laue Sommerluft, verabschiedete sich höflich von den Partygästen und fuhr nach Hause. Dort beendete sie den Tag, wie sie ihn angefangen hatte. Sie sprang in den Pool, legte sich auf die Liege und dachte nach. Es war immer noch angenehm warm in dieser Nacht. Jahrhundertsommer.

Ein paar hundert Kilometer weiter saß Hans-Peter Müller, für Freunde HaPe oder auch Brezelmüller, weil seine Eltern eine Bäckerei gehabt hatten, schlechtgelaunt an einer Dresdner Hotelbar. Die Geschäftsreise war soweit erfolgreich. HaPe hatte gewohnt schwer auf den Busch geklopft, ein neues Ding angeleiert und lautstarke rheinische Fröhlichkeit an der Elbe verbreitet, was bei seinen Geschäftspartnern wie gewohnt gut angekommen war. Auch sonst war's nicht übel. Gestern hatte er eine Professionelle abgeschleppt und eine fröhliche Nacht gefeiert. Heute abend spürte er seinen Bluthochdruck und blieb im Hotel. Seine Alte ging ihm nicht aus dem Kopf.

Wenn der anonyme Anruf stimmte, und seine Frau fremdging, dann, hatte Brezelmüller entschieden, wäre es aus. Dann würde er sofort die Scheidung einreichen. Kontrollanrufe zu Hause verkniff er sich. Sie sollte keinen Verdacht schöpfen. Brezelmüller rutschte mit seinen 120 Kilo unruhig auf dem Barhocker hin und her. Wenn er daran dachte, daß irgend jemand, außer ihm natürlich, mit seiner Frau pimperte, überkam ihn Ekel und kalte Wut. Vor allem Wut auf seine Frau. Er hatte sie damals in der Neutorgasse aufgegabelt. Sie war Barfrau. Kam von irgendwoher, hatte keinen Pfennig. Und er, Brezelmüller hatte sie geheiratet. Sie mit Kleidern und Klunkern zugeschissen. Und jetzt das! Wenigstens, das hielt er sich zugute und bestätigte seine hohe Meinung von sich selbst, wenigstens hatte er einen cleveren Ehevertrag abgeschlossen. Scheidung und keinen Pfennig Geld, schwor sich Brezelmüller.

Die Tochter war erwachsen, Sabine hatte einen Beruf gelernt und war gesund. Sie wird arbeiten müssen, frohlockte Brezelmüller. Am besten an der Kasse bei Aldi, wenn sie überhaupt genommen wird. Oder sich von ihrem Stecher aushalten lassen. Aber mit Vierzig findet sie keinen mehr, der soviel Geld hat wie ich. Die wird sich wundern.

Am nächsten Tag waren die Detektive halbwegs fit und auf Posten. Herbert lungerte vor Brezelmüllers im Park herum. Er trank nichts, hielt sich vorsichtshalber von Kindern fern und spielte tarnungshalber mit Rudi Boccia. Nur sein Ersatzgebiß drückte unangenehm am Gaumen. Er steckte es in die Tasche.

»Haltf Maul, dummer Hund«, nuschelte er, wenn Rudi Krach schlagen wollte. Herbert und Karl waren übereingekommen, auf gar keinen Fall mehr in Hessen Aufmerksamkeit zu erregen. Koste es soviel Selbstverleugnung, wie es wolle.

Karl observierte die Firma Grünbauer. Mit Motorrad und Pickup fuhren Grünbauer und sein Angestellter ins Villenviertel von Mainz-Gonsenheim, wo sie in irgendeinem Garten einen Bioteich anlegten. Karl notierte Adresse samt Namen an der Klingel und wartete. Aus Langeweile rief er Herbert an.

»Wo biste dann?«

»Uffm Tennifplapf«, nuschelte Herbert. Seit einer geschlagenen Dreiviertelstunde fegte Frau Müller im schicken Tennisdress über den gepflegten Platz des exklusiven Tennisclubs. »Un def bei der Hipf«, maulte Herbert, dem allein vom Zuschauen der Schweiß lief. »Awwer e geiler Arf hot fe«, sagte Herbert noch mit Blick auf Frau Müllers hin- und herwuselndes Hinterteil. Jedenfalls spielte sie gegen einen Mann und machte ihn langsam, aber systematisch nieder. Hätte Herbert auch nur einen blassen Schimmer von Tennis gehabt, hätte er gesehen, daß sich hier Wille und Kondition gegen Können durchsetzten.

Karl: »Weidermache!«

Herbert: »Allef rodfer!«

Zwischendurch machten Grünbauer & Co Mittag und gingen in einen Imbiß essen. Karl quetschte sich mit hinein. Er stellte sich mit dem Rücken neben sie, um unauffällig mitzuhören. Der Angestellte hieß Stany. Pole, vermutete Karl. Stany verdrückte eine Riesenbockwurst mit Pommes frites und Bier. Grünbauer aß Salat und trank Mineralwasser.

Grünbauer: »Ab Freitag fahre ich übers Wochenende nach Köln, bin Montagmorgen gegen 12 Uhr wieder da.«

Stany bildete mit Zeigefinger und Daumen der linken Hand eine Öffnung, steckte den rechten Zeigefinger hindurch und machte kauend ein fragendes Gesicht. Grünbauer nickte. Dann quatschten sie noch etwas über die anstehenden Arbeiten, zahlten und gingen.

Marcus Grünbauer fuhr nicht zurück nach Gonsenheim, sondern brummte mit dem Motorrad Richtung Stadtmitte. Karl, hinterher, sah sich zweimal gezwungen, über rote Ampeln zu fahren. »Des aach noch«, jammerte der Detektiv.

Grünbauer stellte sein Motorrad an einem Hochhaus in der Stadtmitte ab und ging hinein. Karl sah sich nunmehr gezwungen, das Auto im absoluten Halteverbot zu parken.

»Isch kennt kotze«, fluchte Karl, stieg aus und ging an die Eingangsanlage. »Grünbauer« stand auf der Klingel einer Wohnung im elften Stock. Er stellte sich so hin, daß er Motorrad und Hauseingang im Blick hatte. Kaum hingestellt, klingelte das Handy: »Kall! If binf. Fie geht in e Hauf in de Ftadt.«

»Unn weider?« fragte Karl. Aber bevor Herbert antworten

konnte, sah Karl auch schon dessen Rücken. Er stand zehn Meter von ihm weg.

Frau Müller klingelte an der Haustüranlage. Karl nestelte seinen Fotoapparat aus der Altherrentasche und fotografierte sie, wie sie im Eingang verschwand.

»Mänfte, daf die maufe geht?« mümmelte Herbert.

»Nadierlich geht die mause! Unn jetzt zieh endlich des Scheißgebiß an!«

Herbert zog sein Gebiß an.

Karl ging an die Haustür. Er klingelte irgendwo, nur nicht bei Grünbauer, bis ihm geöffnet wurde und fuhr mit dem Aufzug in den elften Stock. Im Flur fand er das Schild von M. Grünbauer. Einzimmerabbadement, schätzte Karl und legte das Ohr an die Tür. Man hörte nichts. Karl blickte den Flur entlang und entdeckte am Ende eine Tür zur Feuerleiter, die wegen der Hitze offenstand. Dort legte er sich auf die Lauer.

Herbert rief an: »Unn? Sinn se schunn am berschte?«

Schwer zu sagen, ob die beiden schon bürsteten. Wenn überhaupt. Rein theoretisch konnte es auch Zufall sein, daß Grünbauer im selben Haus ein Appartement hatte, in dem irgendwelche Bekannten von Frau Müller wohnten. War es aber nicht. Gestoppte 43 Minuten nachdem Frau Müller das Hochhaus betreten hatte, verließ sie Grünbauers Appartement. Leider konnte Karl sie nicht fotografieren, das Blitzlicht im Flur wäre zu auffällig gewesen. Wieder unten, hielten sie Kriegsrat.

Karl berichtete von dem Gespräch im Imbiß. Wenn Grünbauer wegen der Mauserei am Wochenende nach Köln fuhr, konnte das nur heißen, daß er mit einer Frau nach Köln fuhr oder in Köln eine Frau besuchte. Da am Wochenende aber Brezelmüller wieder da war, konnte diese Frau nicht Frau Brezelmüller sein.

»Dann maust der aach noch annere Weiber?« fragte Herbert neidisch.

Irgendwie passte das alles nicht zusammen. Grünbauer sah nach irgendwas aus, aber nicht nach einem Gartenbauer. Außerdem hatte er eine Wohnung in Kastel hinter dem Büro. Das hatte Karl schon inspiziert. Und hier in der Stadt hatte er noch ein Appartement. Und anscheinend hatte er soviel Zeit, daß er, anstatt zu arbeiten, tagsüber mit Brezelmüllers Frau kacheln konnte.

Vorerst, kamen sie überein, reichte es auch, wenn sie zusammen nur Grünbauer beschatteten. Denn wo Grünbauer war, dorthin kam über kurz oder lang auch die Brezelmüllerin. Also drückten sie sich am Hochhaus herum, das Motorrad und den Eingang im Blick. Abwechselnd gingen sie in den Biergarten am Proviantamt, wo sie sich Weck, Worscht und Woi zur Stärkung gönnten.

Schlechte Fleischwurst, fades Brot und teure Weinschorle.

Wieder zu zweit auf Posten, stieß Herbert Karl an. »Guck emol die do!« Die do war die Bekannte von Frau Müller, die neulich mit im Fitneßcenter war. Karl fotografierte sie, wie sie das Haus betrat. Dann hinterher, den Fahrstuhl hoch und in den elften Stock.

55 Minuten nachdem sie das Haus betreten hatte, verließ sie Grünbauers Appartement.

»Do biste platt«, sagte Karl. Er hatte über die Autonummer ihren Namen und ihre Adresse überprüft. Wozu sonst hat man einen Cousin bei der Polizei.

Herbert sah auf die Uhr: »Noch kä halb vier unn der Kerl hat schunn zwä Weiber geberscht! Wie soll des heit noch weidergohe?«

Anscheinend vorerst gar nicht mehr. Der schöne Grünbauer verließ das Haus, setzte sich von Karl fotografiert auf seine Maschine und düste ab. Die Verfolgung fiel aus, weil Karls Auto nicht mehr da war. Abgeschleppt. Herbert fuhr ihn zum Sammelplatz, Karl schimpfte wie ein Rohrspatz von wegen »Verbrescher«, schrammte haarscharf an einer neuen Beleidigungsklage vorbei, zahlte 200 Mark. Anschließend lud ihn Herbert zur Tagesabschlußbesprechung in den Biergarten am Schloß ein.

Am nächsten Tag lauerte Karl in Kastel und Herbert in der Innenstadt, weil sie nicht wußten, wo Grünbauer übernachtet hatte. Stany weckte ihn in Kastel mit der Motorsäge. Der Blonde hechtete blitzartig aufs Motorrad und flitzte zu seinem Appartement, gerade noch rechtzeitig genug, um Damenbesuch zu empfangen, damit sich die Morgenlatte beruhigen konnte.

Herbert stoppte 56 Minuten und vollbrachte eine Glanzleistung. Rein vom Äußerlichen her getippt, hatte er eine gutgekleidete Frau aufs Geratewohl fotografiert, als sie das Haus betrat, war in den elften Stock geflitzt, und tatsächlich – genau die fotografierte Frau verließ Grünbauers Wohnung.

»Schpitze, Herbert«, sagte Karl, als sie sich mittags trafen.

Herbert mußte zum Zahnarzt, wegen dem neuen Gebiß. Karl gab die letzten Fotos in die Schnellentwicklung und erledigte auf Ernas telefonisches Geheiß ein paar Dinge. Er fand, daß es eigentlich an der Zeit sei, dem Anwalt Bericht zu erstatten, zumal ihn auch sonst juristisch der Schuh drückte. Also, die Fotos abgeholt und zum Anwalt getigert.

»Haben Sie einen Termin?«

»Brauch isch nit«, sagte Karl. »Des is so wichtisch, daß isch jederzeit komme kann.«

»Soll kommen«, befand der Anwalt.

»Also, Herr Dogder«, begann Karl umständlich.

Der Anwalt seufzte. Karls Angewohnheit nicht direkt auf den Punkt zu kommen, sondern sich bei möglichst unwichtigen Details festzuhängen und dann den Zusammenhang zu vergessen, war entnervend. Besonders, wenn er keinen Termin hatte und der Anwalt keine Zeit. »Machen Sies kurz, Herr Napp!«

»Also gut«, sagte Karl. »Die Fraa vum Brezelmüller kachelt mitm Gärtner ...« Er legte die Observationsberichte vor und die Fotos. Der Anwalt studierte kurz und konzentriert die Unterlagen. Eine gewisse Schadenfreude gegenüber Brezelmüller konnte er nicht verhehlen, aber gegenüber Napp verbergen. Karl Napps Redefluß sprudelte wie ein Wasserfall durch das gediegene Anwaltsbüro.

»Awwer des iss noch nit alles!«

»Was denn noch?« fragte der Anwalt.

»Der Grünbauer treibts nit nur mit de Brezelmüller, der stecht halb Määnz!«

»So«, sagte der Anwalt ungläubig.

»Genau«, bestätigte der Detektiv und legte los. Er zeigte ein Foto. »Die do zum Beispiel is die Frau vum Stadtverordnede Grieser.«

Der Anwalt horchte innerlich belustigt auf. Das Foto zeigte

eindeutig Frau Grieser, das Hochhaus betretend. 59 Minuten, hatte Napp mit Ausrufezeichen danebengeschrieben und das Datum notiert.

»Un die do kenn isch nit, die war erst vorhin beim Grünbauer zum berschde.«

Der Anwalt sah erst auf das Foto und dann zu Karl Napp.

»Herr Napp«, sagte er so sachlich wie möglich. »Bis jetzt haben Sie Fotos von Frauen, die irgendwann Herrn Grünbauer im Büro oder privat besucht haben. Was mein Mandant braucht, sind hieb- und stichfeste Beweise.«

Karl verstand nicht.

»Ja, soll ich die beim Bumse fodografiere?«

»Zum Beispiel«, sagte der Anwalt. »Oder installieren Sie eine Wanze, was weiß ich. Sie sind der Detektiv.«

»Aha«, sagte Karl.

»Ich gebe Ihnen vier Wochen. Beobachten Sie Grünbauer und listen Sie detailliert auf, mit wem er wann schläft. Das heißt nicht nur Frau Müller, sondern alle Frauen.« Dann versprach der Anwalt ein ganz fettes Erfolgshonorar und wollte Karl hinauswerfen.

»Da hätt isch awwer noch was, Herr Dogder.«

Der Anwalt rang um Beherrschung, was ihm glückte. Karl erzählte ihm, daß er zwei Beleidigungsklagen am Hals hätte und was man da machen könne.

»Ich kümmere mich darum, Herr Napp.«

»Ja, unn noch was.«

»Was denn noch?«

»Derf isch als Hausbesitzer die Schmitt, die bleed Bichs, die wo misch angezeischt hat, rausschmeiße? Die geht mer sowieso uff de Senkel?«

»Wie es aussieht, nicht. Das reicht nicht für eine Kündigung, aber bringen Sie mir doch den Mietvertrag vorbei.«

»Als Hausbesitzer is mer immer de Arsch«, sagte Karl.

Der Anwalt komplimentierte ihn hinaus. Er fragte sich, ob Karl Napp so blöd war, wie er sich benahm, oder ob er nur so tat. Letzteres könnte Probleme geben.

Er rief Brezelmüller an. Brezelmüller war aus Dresden zurück. Sie verabredeten sich nach Feierabend alleine in der Kanzlei.

Brezelmüller wuchtete seinen dicken Arsch aus dem Porsche und walzte in die Kanzleiräume.

»HaPe«, sagte der Anwalt. »Deine Frau treibts mit eurem Gärtner.«

Brezelmüller stierte auf das Foto vom schönen Marcus Grünbauer. Sein Blutdruck stieg sofort. Die Halsschlagader wurde übergangslos dick. Brezelmüller knallte die fette Faust auf den filigranen Louis-Quinze-Tisch.

»Und meine Frau auch«, sagte der Anwalt und knallte das Foto seiner Frau daneben.

12 Uhr mittags. Die Sonne stand senkrecht am rheinhessischen Firmament und tauchte die rheinland-pfälzische Landeshauptstadt in gleißendes Licht. Erbarmungslos brannten die sengenden Strahlen mit 35 Grad im Schatten hernieder auf Gebäude, Menschen, Tiere, Pflanzen. Jede Bewegung wurde zur Qual. Auf niedrigstem Pegelstand schleppte sich Deutschlands Schicksalsstrom müde flußabwärts. Unzählige Beamte und Angestellte beiderlei Geschlechts, egal ob bei Stadtverwaltung, ZDF, Telekom oder Bundesbahn, blieben noch regungsloser als gewöhnlich am Schreibtisch kleben, griffen zum Telefon und jammerten über die Strapazen der Hitze. Zu faul, um aufzustehen, blieben sie einfach sitzen und beobachteten ihren Kreislauf, der – je länger sie darüber nachdachten, desto schlimmer – unter der mörderischen Hitzewelle zusammenzubrechen drohte. Aber weil um diese Zeit die besten Plätze in den Freibädern schon von Studenten und Arbeitslosen besetzt waren, blieben die Faulenzer einfach im Büro und widmeten sich träge ihren internen Revierkämpfen. Auch die werktätige Bevölkerung stöhnte unter der Hitze.

Krankenpfleger dachten, leck mich am Arsch, ließen ihre Patienten in bis oben zugeschissenen Bettpfannen liegen und verabredeten sich zu einem Plausch in der kühlen Pathologie. Die Dachdecker schmorten in praller Sonne, reichten sich die Ziegel und soffen stöhnend ihr sechstes Bier. Sie konnten gar nicht so schnell saufen, wie sie schwitzten. Die Straßenteerer hatten bei dieser Hitze ohnehin mit ihrem Leben abgeschlossen und arbeiteten weiter als wär gar nix.

Andere drückten sich vor der Arbeit. Die Katholiken, schlau

wie seit 2.000 Jahren, suchten die Nähe Gottes in schattigen Kirchen. Gläubige Kleingärtner krochen kühlesuchend in den tausendjährigen Dom, den Herrn um Vergebung und labenden Regen bittend. Vergebens. Flimmernde Hitze staute sich bei völliger Windstille in stickigen Gassen und Kleingärten. Die Ozonwerte waren so hoch, daß alle Umweltschützer aus Rücksicht auf die eigene Gesundheit nur noch mit dem Auto anstatt dem Fahrrad fuhren, damit sie nicht der direkten UV-Sonnenstrahlung ausgesetzt waren.

Die Hitze im parkenden Auto war unerträglich. Herbert ließ empört sein Schwartenmagenbrot fallen. Was zuviel war, war zuviel.

»Mensch Kall, was haste dann gestern gefresse?«

»Erbsesupp«, sagte Karl fröhlich und furzte. Was sollte er auch sonst machen. Da es um das Hochhaus herum absolut keine Parkplätze gab, saßen Karl, Herbert und Rudi eben im Auto in der prallen Sonne und beobachteten den Hauseingang. Wenn eine Politesse kommen sollte, stieg eben einer aus und der andere fuhr um den Block. Wenn Grünbauer kam und verschwand, oder sein Damenbesuch kam und verschwand, egal wie: sofort konnte man observationsmäßig hinterherfahren. Und warum sollte Karl nicht stinken? Das ganze Jägerauto stank nach Dackel und seinen halbabgenagten, lustig verwesenden Knochen. Herbert selbst war weder Anhänger übertriebener Körperpflege noch häufigen Kleiderwechsels. Und alle drei schwitzten, Rudi mit heraushängender Zunge. Herbert schwitzte und schmatzte sein Brot zu Ende. Dann nahm er das Gebiß heraus, um lästige Essensreste zu entfernen. Dabei zog er geräuschvoll seinen grau-grünen Naseninhalt nach oben, spuckte ein respektables asthmatisches Auswurfhäufchen auf den Asphalt und beobachtete, wie es langsam in der Sonne verging. Als Asthmatiker machte ihm die Hitze zu schaffen. Er inhalierte dreimal sein Bronchialspray, was kurzfristig seinen pfeifenden Atem derart reduzierte, daß er sich zum Nachtisch eine Zigarre gönnte.

»... zeh ... elf ... zwölf«, zählte Karl halblaut vor sich hin und tatsächlich. Es steckte eine Gesetzmäßigkeit dahinter. Zum vierten Mal hintereinander dauerte es genau zwölf Sekunden, bis sich auf seiner Glatze soviel Schweiß angesammelt hatte, daß ein dicker Tropfen über seine Stirn talwärts über den Nasenrücken rutschte und – tropf – genau auf den Jerry-Cotton-Roman klatschte.

Karl stand unter höchster Anspannung. Das kam daher, weil er ganz gegen seine Gewohnheit angestrengt nachdachte, weshalb er noch mehr als üblich schwitzen mußte und sich auf seiner Stirn eine senkrechte Denkfalte bildete, die einen idealen Schweißtropfenkanal zur Nase bildete.

Karl machte sich ernsthafte Sorgen wegen der beiden Anzeigen und seinem guten Ruf. Gegen die Anzeige in Kastel, also Hessen, konnte er nichts machen. Aber die Mainzer Anzeige!

Karl griff zum Handy, rief die Polizei an und verlangte seinen noch aktiven Kollegen, den Binger Hansi.

»Isch bins, de Karl!«

Hansi: »Unn wie, aldes Haus?«

Karl: »Babbel nit so viel, isch hab e ernstes Anliesche! Du host doch neilisch die Anzeisch uffgenumme, vun der bleed Schmitt, der doll Dunsel, die wo in meim Haus wohnt?«

Hansi: »Zu der du bleed Bichs gesacht hast?«

Karl: »Genau die bleed Bichs, die mään isch!«

Hansi, vorsichtig: »Ja und?«

Karl: »Kannste die Anzeisch nit verschwinde lasse?«

Plötzlich wurde Hansi ganz sachlich, geradezu dienstlich. »Awwer Karl! Des wär ja e Dienstvergehe. Da mach isch mich ja schtrafbar!«

Karl: »Du bist e Rieserindvieh! Nadierlich iss des ein Dienstvergehen. Awwer so was hawwe mir früher doch aach als gemacht! Kann ja unner uns bleibe!«

Binger Hansi wand sich wie ein Aal. »Karl, du weeßt doch wie unser Scheff iss! Wann der des schpitzkriegt. Nä, des kann isch nit mache. Beim beste Wille nit!«

»Bleeder Bulle!« tobte Karl, nachdem er aufgelegt hatte. Herbert gab ihm recht. Der Binger Hansi war immer schon ein Arschloch gewesen. Ein rückratloser Kriecher und eine Kameradensau. Und ein Freibiergesicht noch dazu.

»Mir lebe in eme Bolizeistaat«, behauptete Karl wütend.

»Wie meensten des?« fragte Herbert.

»Mir sinn heit schunn soweit, daß disch jed doll Dunsel anzeische kann, nur weil de bleed Bichs zu ihr säst. Und wenn de noch dreimal rescht hast, des iss egal. Angezeischt werste. Unn die eischene Kollesche falle der in de Ricke. So iss des heit«, sagte Karl bitter. »Genauso isses!«

Herbert gab seinem Freund recht. Völlig recht. Das kam daher, weil Herbert in Mommenheim eine Obstbaumwiese geerbt und nach alter Gewohnheit ein paar Hecken und Äste verbrannt hatte. Allerdings hatte ein umweltbewußter urbaner Spaziergänger sofort die Feuerwehr alarmiert, woraufhin der große Feuerwehrlöschzug umweltschützenderweise in Bewegung gesetzt wurde und zig Liter Diesel verheizend zu Herberts Obstbäumchen bretterte.

Herbert hatte auch den Löschzugführer gebührend begrüßt.

»Ei Albert, was machsten da. Willste mer helfe?«

Jedenfalls gab es ein großes Geschrei, als die Feuerwehr – Umweltschutzvorschrift ist Umweltschutzvorschrift – unter Einsatz von vielen Litern Diesel für Hin- und Rückfahrt Herberts kleines Heckenfeuerchen nicht nur löschte, sondern ihm auch noch eine gesalzene Rechnung schickte. Und deshalb war Herbert Karls Meinung. Aber hundert Prozent! Sie redeten sich in Rage und landeten unweigerlich dort, wo sie bei dieser Gelegenheit immer landeten, nämlich beim neuen Polizeipräsidenten. Der Mann, der vor fünf Jahren die Mainzer Polizei übernommen hatte und dabei ausgerechnet auf die Idee gekommen war, an den beiden Dampfnasen vom Dienst ein Exempel zu statuieren, um den Schlendrian auszutreiben, weil sie den Streifenwagen besoffen in den Graben gesetzt hatten. Diese Demütigung, diese öffentliche Demontage zweier altgedienter und verdienter Polizisten würden Karl und Herbert niemals verzeihen. Niemals! Und Herbert und Karl waren gute Polizisten gewesen. Sie rechneten es sich hoch an, daß sie niemals im Leben einem besoffenen Autofahrer den Führerschein abgenommen hatten, es sei denn, er hatte einen schweren Unfall gebaut. Gut, manchmal hatten sie jemand den Autoschlüssel abgenommen, den durfte sich der Mensch am nächsten Morgen wieder abholen. Aber wenn sie nachts Streife hinter einem schlangenlinienfahrenden Auto fuhren, dann waren sie immer zu faul gewesen, das Auto anzuhalten. Aber Menschlichkeit zählte ja nicht mehr! Vorschriften zählten!

Und das Allerschlimmste war, daß dieser Wichser von Scheff nicht nur eine Riesenterz veranstaltet hatte, sondern beide auch noch zum Betriebspsychologen geschickt hatte, von wegen Verdacht auf Alkoholprobleme. Wenn Herbert und Karl an die Sitzungen bei Dr. Dipl.-Psych. Dingsbums zurückdachten, dann bogen sich ihnen die Zehennägel nach oben. Und wer war schuld? Genau! Dieser aufgeblasene Depp von Scheff, der jetzt auch noch dafür sorgte, daß »die bleed Schmitt, ausgereschnet die doll Dunsel, misch anzeische unn isch nix degesche mache derf!« Das war richtig. Der neue Chef, dieser Korinthenkacker, hatte dafür gesorgt, daß sich seine Polizeibeamten im Dienst so benahmen, wie sich Polizeibeamte benehmen sollten. Sie sollten im Dienst nicht saufen und keine Anzeigen unter den Tisch fallen lassen.

Um 12 Uhr machten sie Mittag. Stany ging zum Pickup, kramte in der Kühlbox herum und hörte kurz im Radio, daß heute der heißeste Junitag seit Jahrzehnten wäre, was er mit Achselzucken quittierte, genauso wie die Ozonalarmmeldung. Wenn möglich sollte man vermeiden, sich bei diesem Wetter im Freien aufzuhalten, sagte der Sprecher. Stany ging zurück in den Garten, setzte sich in den Schatten, packte sein gigantisches Blutwurstbrot aus und öffnete mit den Zähnen eine Bierflasche. Wie alle Menschen, die körperlich arbeiten, verlor er selten ein Wort über das Wetter. Wozu auch? Im Sommer schwitzt man eben, und im Winter ist es kalt.

Stany spülte die Blutwurst hinunter, rauchte eine Zigarette, überflog kurz die Bildzeitung und beobachtete seinen Chef. Weil die Herrin des Gartens in ihrem Sommerdomizil auf Mallorca weilte, benahm sich Marcus Grünbauer völlig natürlich und ungezwungen. Soweit das bei ihm möglich war. Manchmal, wenn er etwas anhob, verharrte er kurz in Position, um seinen Bizeps zu kontrollieren. Bisweilen blieb er auch stehen, schob sein rechtes Bein nach hinten und sah prüfend auf seinen Wadenmuskel, ob er auch in perfekter Harmonie zu seinen Fesseln stand. Diese Woche war nämlich Beintraining angesagt. Etwa alle drei Minuten fuhr er sich – auch ohne Zuschauerin – theatralisch mit der Hand durch die Lockenpracht, damit ihm die Strähnen nicht in die Augen fielen. Doch im Moment gönnte auch Marcus sich eine Mittagspause. Er machte Kopfstand.

Stany: »Sag mal, Marcus. Warrum machst eigäntlich immär Kopfstand?«

Marcus, auf dem Kopf stehend, schlug die Augen auf und erklärte ernsthaft: »Weißt du Stany. Kopfstand ist ohnehin eine gute Übung, schon für den Gleichgewichtssinn. Und außerdem hilft es gegen vorzeitiges Abspritzen. So bekommt man sich besser unter Kontrolle, um noch länger durchzuhalten. Das ist wichtig.«

»Verstähe«, sagte Stany kurz und dachte: Du Depp.

Danach setzte sich Marcus auf sein Motorrad und heizte mit wehender Mähne davon. Er fuhr zum Hochhaus, parkte die Maschine und lief die Treppen – Beintraining war angesagt – bis in den elften Stock hoch. Er duschte sich ausgiebig, prüfte vor dem Spiegel den Sitz des knallroten Stringtanga und legte sich aufs Bett. Bis zum Date hatte er noch Zeit. Zeit genug, um sich zu beglückwünschen. Die Idee, sein altes Einzimmerstudentenappartement zu behalten, war eine der besten in seinem Leben gewesen. Das Hochhaus war anonym und mitten in Mainz. Seine Kundinnen konnten einkaufen, sonstwas erledigen, was auch immer in der Stadt tun, um ihn unauffällig zu besuchen.

12 Uhr mittags. Der überdimensionale Ventilator surrte an der Decke von Brezelmüllers überdimensionalem Büro und wirbelte kühle Luft über seinen riesigen Schreibtisch.

An diesem Mann war eigentlich alles eine Nummer zu groß und zu breitspurig. Das fing bei Schuhgröße 45 an, setzte sich mit der bleischweren, protzig-geschmacklosen Golduhr für 20.000 DM fort und hörte mit 120 Kilo Lebendgewicht bei nur 1,76 m Größe auf. Allerdings durfte man dabei nicht den Hals vergessen. Brezelmüllers Hals war kurz, aber so dick, daß der Schwartenmagenkopf übergangslos auf einer massiven Säule saß. In jungen Jahren hatte er eine kräftige, kompakte Figur besessen, über die sich im Lauf der Zeit – mangels körperlicher Bewegung – eine dicke Rundumfettschicht gelegt hatte, die er mit teuren Anzügen sorgsam umhüllte. Seit gestern, seit er nicht nur ahnte, sondern auch wußte, daß seine Frau fremdging, war sein Hals noch dicker als gewöhnlich.

Brezelmüller war sauer. Da er die Angewohnheit hatte, seine Angestellten an seinem persönlichen Gemütszustand teilhaben zu lassen, herrschte eine hochangespannte Atmosphäre in seinem Büro. Nur auf Zehenspitzen und nur im äußersten Notfall belästigten sie ihren Brötchengeber, aus Angst, einen mittelrheinischen Vulkan zum Ausbruch zu veranlassen. Und Brezelmüller kochte. Zum circa fünfzigsten Mal an diesem Tag nahm er das Foto aus dem Schreibtisch, sah kurz auf diesen schlanken Schönling, diese mutmaßlich groteske Luftpumpe von Mensch, und warf es sofort wieder in die Schublade, um einem weiteren Anstieg seines Blutdrucks vorzubeugen.

Hans-Peter Müller war alles andere als dumm. Als demonstrativ proletenhafter Bäckerssohn war er vom feinen Gymnasium geflogen, weil er seinem Lateinlehrer aufs Pult geschissen hatte. Für diese Art humorigen Protests hatten weder die schnöselige Schulleitung noch seine dämlichen Mitschüler Verständnis gehabt, womit seine akademische Karriere ebenso vorzeitig wie abrupt beendet war. Mit wenig mehr als einem Reisepaß in der Tasche war er dann auf eine Weltreise abgehauen und hatte unterwegs notgedrungen sein verborgenes Talent entdeckt, aus Scheiße Geld zu machen. Nach sechs Jahren kam er wieder, weil sein Alter mit Herzinfarkt in der Backstube umgefallen war.

Das erste, was HaPe nach der Beerdigung getan hatte, war die Bäckerei zu schließen und eine Hypothek aufzunehmen. Und seitdem rangelte, raufte und walzte er sich nach oben. Was ihn antrieb, war einzig und allein der Wille, es diesen reich geborenen, mittlerweile studierten und noch belämmerteren Idioten von ehemaligen Mitschülern zu zeigen. Und dabei war er weit gekommen. Brezelmüller regierte inzwischen ein gemischtes Einmannkonsortium, zusammengesetzt aus allen möglichen und unmöglichen Geschäftssparten, das einzig und allein deshalb funktionierte, weil Brezelmüller 15 Stunden am Tag wie ein Berserker hinter dem Geld und seinem Prestige herjagte. Dazu gehörten auch solche Scherze, wie zum Beispiel eine überdimensionale Jacht zu kaufen, die ganzjährig im beschaulichen Mainzer Winterhafen ankerte. Brezelmüller hatte einfach keine Zeit, um mit seiner Jacht auf dem Rhein herumzuschippern. Er war der Anführer eines einflußreichen lokalen Personenbeziehungsgeflechtes, bestehend aus Geschäftsfreunden, Partnern, Bekannten, Lokalpolitikern und sonstigen nützlichen Trabanten, die in Insiderkreisen unter dem Namen »Handkäsmafia« bekannt waren.

Es war eben nicht nur, daß HaPe persönlich beleidigt war, weil seine Frau fremdging. Da war viel mehr. Das war ein Affront! Das war ein Angriff gegen sein Lebenswerk. Auf seine Stellung als Rudelführer der Handkäsmafia. Wie stünde er da, wenn das bekannt werden würde?

Brezelmüller war ernsthaft besorgt um seinen naß-forschen Ruf. Er konnte die hämischen, schadenfrohen Anspielungen und Blicke hinter seinem breiten Rücken schon spüren.

Um 12 Uhr mittags lag Sabine Müller im Schatten am Swimming-pool und träumte von ihrem Geliebten. Daß sie zu solchen Gefühlen fähig war, überraschte sie selbst am meisten.

Sabine Müller war eine aufsehenerregende Frau. Schon von der Natur mit einer gutproportionierten Figur ausgestattet, verstärkte sie diese Anlage durch heftige sportliche Aktivitäten. Sie war nicht dürr, sondern kräftig-muskulös. Ihre Gesichtszüge waren herb-schön und ihr Gang strahlte einen Sex-Appeal aus, der den Männern die Gier in die Augen trieb. Sie zog sehr einfache Kleider an, die ihr immer sensationell gut standen und trug wenig, aber teuren Schmuck, den der Juwelier nach ihren Vorstellungen anfertigte. Auf Schminke verzichtete sie nahezu völlig.

Eigentlich wollte jeder, der sie sah, sofort mit ihr schlafen, aber nur wenige trauten sich, sie anzusprechen. Das kam auch daher, weil sie so gar nichts püppchenhaftes an sich hatte. Sabine Müller war 1,80 Meter groß und die reine, natürliche Sexualität, gepaart mit einem gesunden Selbstbewußtsein. Brezelmüller wurde seit 20 Jahren wegen dieser Frau beneidet und bewundert.

Diese Bewunderung war im Lauf der Jahre eher gestiegen.

Mit Wille und Selbstdisziplin hatte sie das Getuschel über ihre dunkle Herkunft ignoriert und sich das große Einmaleins der Unternehmersgattin angeeignet. Sie gab auf Gesellschaften eine glänzende Figur ab, wobei sie grundsätzlich mit Witz und Charme im Mittelpunkt stand und ihres Mannes Glanz erhöhte. Als Gastgeberin war sie formvollendet. Und nach und nach hatte sie sich eine Führungsposition bei allen Frauen der Handkäsmafia erarbeitet. Nicht wenige von denen nannten sie ihre Freundin und gingen ihretwegen in den Fitneßclub. Und Sabine Müller als die Vertraute, kannte viele der kleinen Geheimnisse dieser Frauen, die meistens um die Vierzig waren und bisweilen gelangweilt von ihren Männern.

Sie sprang in den Swimming-pool und hängte sich an den Beckenrand. Dieses Leben mit Brezelmüller, seinen Kumpanen und ihren langweiligen Frauen hing ihr zum Hals heraus. Mehr noch, im Grunde kotzte es sie an. Die verschränkten Ellbogen auf dem Beckenrand, legte sie den Kopf auf die Unterarme, schloß die Augen und träumte. Wenn er jetzt hier wäre, würde er nackt und leise ins Wasser gleiten, tauchen und genau hinter mir auftauchen. Er würde mir sanft die Schultern massieren, dabei Unfug erzählen und mich zum Lachen bringen. Wie kommt es eigentlich, daß wir beide denselben Humor haben? Er wird mir fest und zärtlich zugleich das Haar so streicheln, daß ich eine Gänsehaut bekomme. Und dann wird er mir ganz lange den Nacken küssen, so daß ich dieses Kribbeln auf der Kopfhaut spüre. Und die Ohrläppchen wird er küssen und dabei kleine süße Schweinereien flüstern, daß sich meine Brustwarzen stellen. Den ganzen Rücken wird er küssen, seine Hände, Lippen, Zunge werden meine Haut liebkosen. Umarmen wird er mich irgendwann, und ich seinen Schwengel zwischen meinen Schenkeln spüren und ...

Gegen halb zwei tat sich etwas. Herbert schnarchte im Sitzen mit offenem Mund. Rudi hechelte im Halbschlaf, aber Karl war sofort hellwach. Sie ging direkt am Auto vorbei zum Eingang des Hochhauses. Was ihn elektrisiert hatte, war der schicke Fitneßdreß mit dem Aufdruck SANDRAS LADY-FITNEßCENTER. Die Frau paßte ins Schema. Um die 40 und ziemlich schnepfenhaft.

Sie sah aus wie eine Frau, die viel Zeit und Geld hat und überhaupt nichts mit sich anzufangen weiß. Die viele Stunden mit Faltenzählen verbringt und Ewigkeiten auf der Suche nach grauen Haaren vor dem Spiegel steht. Die zuerst ihre Haut im Solarium ruiniert und dann viele Stunden auf der Beautyfarm unter Gurkenmasken dahinvegetiert. Und die im Kreis ihrer Freundinnen jammert, daß sie ansatzweise Schwielen hat – vom Hantelschwingen zwecks Straffung der Brustmuskulatur.

Karl knipste sofort ein Foto und grübelte, woher er diese Frau kannte. Dann schoß es ihm blitzartig durch den Kopf. Er rammte Herbert den Ellenbogen in die Rippen.

»Herbert! Guck emol!«

Herbert grunzte empört, glotzte aber mit offenem Mund. Er rieb sich die Augen, aber es gab keinen Zweifel. Als sie im Eingang verschwunden war, brüllte Karl über die Gasse: »Die Fraa vom Scheff bockt mitm Grünbauer!«

Sie lagen sich brüllend in den Armen. War ja auch nicht zu fassen. Die Frau vom Polizeichef, dem Korinthenkacker, die orgelte mit Marcus Grünbauer. 67 Minuten, notierte Karl sorgfältig in seinen Observationsbericht.

Erna Napp war wie üblich auf Beobachtungsposten. Unter dem Sonnenschirm saß sie auf dem Balkon, hatte aber den Fernseher im Wohnzimmer so gedreht, daß sie gleichzeitig ihre Lieblingsvorabendserie verfolgen konnte. Natürlich war das Ding auf Lautstärke 180 gestellt, damit der Straßenlärm übertönt wurde.

»Was willste dann?« brüllte Erna, um ihrerseits den Fernseher zu übertönen.

Karl gab es auf. Gegen die Vorabendserie hatte er keine Chance. Also wartete er bis zum Abendessen. War wahrscheinlich sowieso geschickter.

Erna, entgeistert: »Was! Die Fraa vum Bolizeipräsident?«

Karl zeigte ihr das Foto. Erna war hin und weg. »Die Fraa vum Brezelmüller, die Fraa Stadtverordnede unn jetzt aach noch die?«

Karl nickte. »Die ganze Weiber berschte mitm Grünbauer.«

»Sauschtall«, sagte Erna mit einer Mischung aus Abscheu

und faszinierter Neugier.

Karl: »Unn alle Schpure führe zu dem Fitnesszender fer Weiber.«

Arbeitsteilung. Am nächsten Morgen beobachteten Herbert und Rudi Grünbauers Appartement, Erna sah sich das geheimnisvolle Fitneßcenter an und Karl fuhr nach Frankfurt. Seit er die Frau seines ehemaligen Chefs bei Grünbauer erwischt hatte, arbeitete er mit grimmiger Energie an dem Fall. Beweise wollten sie! Sollten sie haben. Und er, Karl, wollte auch Beweise. Was würde das für eine persönliche Genugtuung sein, die schweißüberströmte, stöhnende Frau Polizeipräsident dokumentarisch beim Akt der ehelichen Untreue zu überführen. Mit dem Stadtplan auf dem Lenkrad sich gründlich verfahrend, landete Karl schließlich doch vor dem richtigen Geschäft.

»Gun Dach, isch brauch Wanze.«

Der Verkäufer im Fachgeschäft für Detektivbedarf war es gewohnt, sich täglich mit Wichtigtuern und unfähigen Kunden abzumühen. Er packte ein paar Abhörsets auf die Theke und fragte trocken: »Können Sie überhaupt mit Abhörtechnik umgehen?«

Karl platzte fast bei dieser Frage: »Babbel nit so saudumm. Erstens bin isch gelernder Elekdriger, unn zwädens gebsde mer des do«, womit er auf das teuerste Abhörset zeigte.

Der Verkäufer nickte ungerührt und kassierte. Es gab jede Menge Detektive, die keine Ahnung von irgendwas hatten, und aus Angst Inkompetenz auszustrahlen, einfach das Teuerste kauften.

»Dummes Frankforder Arschloch«, brummelte Karl, als er den Laden verließ.

Zu Hause studierte Karl lange und erfolglos die Gebrauchsanweisung. Sie war in Englisch geschrieben. Es stimmte schon, Karl hatte Elektriker gelernt, Bauelektriker. Aber dort hatten sie ihn nur »Korzschlußkarl« genannt. Und weil er sowieso zu faul war, um richtig zu arbeiten, war er sofort zur Polizei gegangen, nachdem er seinen Gesellenbrief in der Tasche hatte. Jedenfalls hatte er elektromäßig so ziemlich alles vergessen, was über das unfallfreie Einschrauben einer Glühbirne hinausging.

Herberts Anruf erlöste ihn: »Karl, da iss widder so änie, die zum Grünbauer berschde geht!«

»Isch komm soford!«

»Alles rodscher.«

Er lief zu Fuß zum Hochhaus, es war nicht weit weg von seiner Straße. Die Frau kannten sie noch nicht. Auch so eine reife Schönheit, die zu Grünbauers Täterprofil paßte.

Karl fotografierte sie, als sie das Haus verließ, folgte ihr zu ihrem Wagen und notierte sich die Nummer. Ein Anruf bei seinem Cousin, und er erfuhr, daß der Wagen auf einen Herrn Dr. Fiesebrecht zugelassen war. Das war der anerkannte Fachmann in Mainz fürs Aufrichten herabhängender Brüste.

»Hoho«, freute sich Herbert.

Karl, brüllend: »Des mußte der mal vorschtelle: Der bleed Ehemann gibt seiner Alt Geld, damit se sich die Hutzele oberiere laßt, unn die Fraa rennt sofort zum Grünbauer, der dann dragreife derf unn die Alt ordendlich dorchberschte!«

Herbert: »Unn des macht der Grünbauer anscheinend so gut, daß es die Fraa Dogder selbst ausprobiere will.«

Rudi: »Wau, wau, wau.«

Nachdem Karl Ernas grenzenlose Neugier geweckt hatte, war sie sofort bereit gewesen, ihren Beitrag zur Observation zu leisten. Die entscheidende Frage lautete: Warum kamen so viele von Grünbauers Freierinnen aus dem selben Fitneßcenter, das Frau Müller regelmäßig besuchte?

Punkt 11 Uhr, kurz nachdem Sabine Müller im Eingang verschwunden war, stand Erna Napp vor SANDRAS LADY-FITNEßCENTER. Erna trug eine alte Trainingshose, die sie normalerweise zum Putzen anzog, ein Paar von Karls Turnschuhen und ein großes, schlabberiges rosa T-Shirt. Schließlich wollte sie ja Sport treiben, um sich den Laden unauffällig anzusehen. Erna hatte – außer in der Schule – nie Sport gemacht und ihr diesbezüglicher Ehrgeiz beschränkte sich auf das Ansehen gelegentlicher Eiskunstlaufübertragungen. Manchmal ertrug sie auch klaglos irgendwelche Fußballspiele, die sich Karl ansah. Ansonsten aß sie gerne.

Erna war mittelgroß, hatte dicke X-Beine und reichlich Speck auf den Hüften. Mit Schwung betrat sie den Eingangsbereich und war sofort geblendet von der Welt des schicken Fitneßsports in gehobenem Ambiente. Es waren große, helle Räume, teuer ausgestattet, mit Musik berieselt.

Durch die Räume schwebten langbeinige, parfümierte Gazellen in hautengen, extravaganten Trainingskleidern, die Erna Napp sofort als nicht hierhergehörigen Fremdkörper identifizierten. Erna stapfte zur Rezeption, wo zwei Gazellen auf Barhockern ihre Shakes schlürfend irgendeinen Schwachsinn daherredeten. Die Rezeptionsgazelle taxierte Erna mit einem vernichtenden Blick und fragte lächelnd nach ihren Wünschen.

»Ei, isch will e bißje Schport mache.«

»Möchten Sie ein Probetraining absolvieren?«

»Genau des will isch«, sagte Erna, während ihr langsam der Ärger hochkam über diese arrogante Ziege mit ihrer herablassenden Art.

»An was hatten Sie denn gedacht? Stepaerobic?«

Erna hatte keine Ahnung, was Stepaerobic war. Aber wie sich das Wort schon alleine anhörte, war sie sicher, daß sie kein Stepaerobic machen wollte.

»Eher so ebbes wie Jazzgymnasdig, so was in der Rischdung.«

Die Gazelle verdrehte die Augen. »So etwas wird bei uns gar nicht mehr angeboten.«

Erna war kurz davor die Nerven zu verlieren. »Ei dann halt was anneres!«

Schließlich fand die Gazelle etwas. »Wie wäre es mit Spinning. In zehn Minuten fängt unser Spinningkurs an.«

»Von mir aus«, sagte Erna. Sie hatte keine Ahnung, was Spinning bedeutete, wollte sich aber keine Blöße geben. »Unn bis dort hie guck isch mich noch e bißje um!«

»Tun Sie das«, sagte die Gazelle gönnerhaft.

Erna stampfte wütend durchs Fitneßcenter. Sie spürte förmlich diese herablassenden Blicke in ihrem Rücken. Sie kam sich vor wie ein Flußpferd in einer Gazellenherde. Irgendwo in einem Raum mit riesigen, silberglänzenden Kraftmaschinen entdeckte sie auch Sabine Müller. Frau Müller kämpfte konzentriert mit irgendeinem eisernen Gewichteberg, den sie mit ihrer Beinmuskulatur immer wieder nach oben drückte. Daneben scharwenzelten zwei, drei Schnepfen herum, die ihr bewundernd zusahen.

Ernas Gesamteindruck vom Lady-Fitneßcenter ging dahin, daß die Mehrzahl der Frauen hier anscheinend den Versuch machte, Sport zu treiben, dabei sehr gut auszusehen und auf keinen Fall ins Schwitzen zu kommen, damit die Frisur nicht verrutschte. Jedenfalls war hier eine Sorte Frau überreich vertreten, die Erna auf den Tod nicht ausstehen konnte. Und genau diese Sorte strömte nach zehn Minuten in einen großen Raum, wo viele festinstallierte schicke Fahrradsimulatoren standen.

Erna bestieg einen Ergometer in der vordersten Reihe. Spinning bedeutete anscheinend, daß zwanzig Weiber gleichzeitig mit diesen Standfahrrädern losfuhren. Aber es war anders. Spinning, der neueste und todschickste Fitneßtrend, bedeutete, daß zwanzig hochgestylte Weiber und ein Aschenputtel auf das Kommando einer Trainerin losradelten, die vor ihnen auf dem Bock saß, mit dem Gesicht zur folgsamen Meute.

»So. Es ist ein schöner Sonntagmorgen. Zum Einrollen nehmen wir den zweiten Gang.«

Gehorsam schalteten alle in den zweiten Gang und radelten los, während die Trainerin einen unglaublichen Unfug erzählte.

»Wir fühlen uns gut?«

»Wir fühlen uns gut«, riefen die zwanzig im Chor und radelten. Nur die einundzwanzigste hatte Schwierigkeiten mit der Einübung des gruppendynamischen Rituals, weil sie sich dauernd verschaltete und den Refrain noch nicht kannte.

Die schpinnen, dachte Erna und hatte nach fünf Minuten einen hochroten Kopf.

»Und jetzt eine kleine Flachstrecke, hoch in den sechsten Gang. Zwischenspurt!«

Erna glaubte, brechen zu müssen.

»Geht es Ihnen gut?« fragte die Trainerin zwischendurch.

Erna gab sich keine Blöße. Nicht vor diesen Schnepfen. »Alles in Ordnung. Kann ruhisch e bißje schneller gehe«, keuchte sie. Dabei brannten die Beine, als würde sie »Rund um den Henninger Turm« fahren.

Nach diversen Abfahrten, Anstiegen und sonstigen Tempowechseln hing Erna halbtot auf dem Fahrrad.

»Wir sind spitze!« brüllte die Trainerin.

»Wir sind spitze!« brüllten die aufgeputschten Gazellen. Erna sah tanzende schwarze Punkte vor ihren weit aufgerissenen Augen.

Schließlich überlebte sie auch noch das Ausrollen. Als letzte stieg sie vom Fahrrad. Die Beine taten höllisch weh. Der Kreislauf rebellierte. Erna schleppte sich an die Rezeption und trank blitzartig zwei Flaschen Wasser. Dann wankte sie grußlos und ungeduscht nach draußen. Eines war sicher. Das war das erste und letzte Mal, daß sie irgend etwas mit Karls idiotischen Observationen zu tun gehabt hatte. Jedenfalls, da war sich Erna sicher, verkehrte im Fitneßcenter vorwiegend die Sorte von reicher Schnepfe, der man alles zutrauen könne. Vor allem, daß sie aus purer Langeweile etwas mit einem Mann wie Marcus Grünbauer anfing. Vielleicht galt das sogar als schick bei diesen Spinningweibern. Erna wollte sich gar nicht ausdenken, über was sich diese Gazellen unterhielten, wenn sie zusammen in der Sauna saßen.

»Määnste?« fragte Karl seine Frau.

»Genau des mään isch«, sagte Erna und stöhnte. Karl rieb ihr mit Franzbranntwein die Beine ein.

Am Freitagmorgen um 8 Uhr brachte Karl Napp seine Frau zum Bahnhof. Erna wollte nach Marburg zum Geburtstag der Schwiegertochter Moni. Karl holte das Auto aus der Garage und hupte. Erna kam nicht bei. Er stieg aus und rief in den Hausflur.

»Erna! Kimmste jetzt oder soll de Zuch ohne disch fahre?«

Es dauerte eine Weile, bis eine alte Frau um die Ecke kam und mit schmerzverzerrtem Gesicht in Zeitlupe die Treppe herunterschlurfte. Erna hatte Muskelkater. Stöhnend und unendlich langsam ließ sie sich auf den Beifahrersitz nieder.

Karl: »Saach de Moni unn dem Herr Sohn, daß isch kä Zeit hab weesche meine Ermittlunge.«

Erna nickte und gab ihm Kommandos. Blumengießen, wo

das vorbereitete Essen zu finden sei und vor allem: »Karl! Unn wann isch widder da bin am Sunndaach middaach, dann haste des Ding mit de Fraa Schmitt unn ihrer Anzeisch aus de Welt geschafft!«

Karl nickte und verabschiedete sie.

Erna verschwand im Bahnhofsgebäude.

Endlich. Jetzt konnte es losgehen. Erna war unterwegs und Grünbauer fuhr heute auch weg. Karl raste zum Hochhaus. Das Motorrad war nicht da. Dann fuhr er nach Kastel. Dort stand die Maschine.

Gegen 10 Uhr kam Marcus Grünbauer frisch geduscht aus seinem Kabuff hinter dem Büro. Dann stieg er auf und fuhr los. Karl hinterher. Der Motorradfahrer fuhr zum Anwesen Fiesebrecht, lud Frau Doktor Fiesebrecht auf die Maschine und düste Richtung Köln. Während der Herr Brustkorrektor übers Wochenende auf einem Kongreß in Freiburg weilte, wo sich sämtliche Koryphäen Deutschlands wichtigtaten, die an Frauenbrüsten herumschraubten und schnippelten, besuchte seine Frau ihre Freundin in Köln. Dachte jedenfalls Dr. Fiesebrecht. Tatsächlich donnerte sie auf seine Kosten mit dem schönen Marcus durch die Landschaft. Bei der erstbesten Wiese hinter Limburg hielten sie an und rammelten. Frau Doktor fand das im Freien abenteuerlich. Sie fühlte sich wieder jung. Karl schoß ein schönes Foto und rief Herbert an.

»Herbert! Unternehmen Grünficker schteigt!«

»Alles rodscher.«

Herbert bereitete sich gewissenhaft vor. Er zog dunkle Kleidung an und packte ein paar Flaschen Zinn 40 ein. Dann holte er aus dem Keller einen länglichen Gegenstand, der in eine Decke gewickelt war. Den verstaute er unter der Rückbank und fuhr zu Karl.

In der blauen Lagune gingen sie noch einmal detailliert den großen Lauschangriff durch. Herbert äußerte leise Zweifel: »Kannst du des iwwerhaubt?«

Karl fuhr ihn wütend an: »Isch bin gelernder Elegtriger!«

»Is jo schunn gut«, meinte Herbert und trank ein Bier.

Es sah nicht sehr souverän aus, wie Karl immer wieder in die englischsprachige Montageanleitung sah und mit diversen Elekroteilen herumfuchtelte. Die Idee war jedenfalls nicht schlecht. Grünbauers Appartement im Hochhaus zu verwanzen, wäre natürlich die bessere Idee gewesen. Aber das traute sich Karl nicht, wegen der unmittelbaren Nachbarschaft. Aber die Bruchbude im Kasteller Hinterhof, das traute er sich zu.

»Haste den Dietrich?«

Herbert zeigte den Dietrich.

Punkt 0 Uhr fuhren Herbert, Karl und Rudi nach Kastel. Es war pechschwarze Nacht und still. Sie warteten bis 2 Uhr nachts. Da war es totenstill.

»Los jetzt!«

Herbert stand mit Handy Schmiere. Karl machte sich mit Minitaschenlampe und Dietrich an der Tür zu schaffen. Es ging nicht. Herbert kam zu Hilfe. Auch er schaffte es nicht.

»Dunnerkeil«, fluchte er und trank einen Schluck gegen die Aufregung. Sie gingen einmal um die Bruchbude herum. Hinter dem Büro lag das Schlafzimmer. Es war eine Zweizimmerbadbruchbude, aber alle Fenster waren geschlossen, die Rolläden heruntergelassen. Schließlich griff Karl über der Tür in die Dachtraufe und fand einen Schlüssel. Er paßte.

Sie öffneten die Tür und schlossen sie von innen. Grünbauers Büro zeichnete sich durch elegante Schlichtheit aus. Es gab ein Telefon mit Fax, einen wackligen Schreibtisch, einen uralten abgewetzten Drehstuhl, zwei Campingstühle und einen Regalschrank, in dem Aktenordner und Gartenbaubroschüren wirr herumlagen. Und auf dem Boden stand eine Mausefalle, in die Karl hineingriff und darüber so erschrak, daß er zwei leere Bierflaschen umwarf, die in der Ecke danebenstanden. Das Computerzeitalter hatte hier noch keinen Einzug gehalten. Karl untersuchte den Terminkalender auf dem Schreibtisch und wurde sofort fündig. Da stand z. B. unter dem 19.6.: »12 Uhr. Grieser App.«

Karl dachte kurz nach und kombinierte: Treff mit Frau vom Stadtverordneten Grieser um 12 Uhr im Appartement. Und so weiter ging's durch den ganzen Kalender. Karl fotografierte Blatt für Blatt. Des öfteren stand hinter dem Namen auch die Bemerkung »Kast.«, woraus Karl messerscharf schlußfolgerte, daß es sich um ein Treffen hier in Kastel handelte. Aus ei-

nem Kalenderblatt ging hervor, daß Grünbauer an einem Tag um 10 Uhr 30, 14 Uhr und 16 Uhr 30 Damenbesuch hatte.

»Was e Sau«, grummelte Herbert neidisch.

Herbert fand eine alphabetisch geordnete Kundenliste. Karl fotografierte sie. Herbert öffnete die Tür vom Büro nach hinten. Zunächst stand er in einem kleinen Bad. Dann öffnete er noch eine Tür und stand im Schlaf- bzw. Arbeitszimmer von Marcus Grünbauer.

»Kall! Des mußte der angucke! Des glaabste nit!«

Karl kam ins Schlafzimmer und staunte. Grünbauer hatte sich hier genau so eingerichtet, wie es sich die beiden Detektive in ihrer schmierigen Altmännerphantasie vorgestellt hatten. Es gab im wesentlichen ein riesiges Bett, rote Schummerbeleuchtung und sehr viel Samt. Ansonsten einen Kleiderschrank, einen Kühlschrank, einen Couchtisch und einen gemütlichen Sessel, damit – wie Karl vermutete – »de Grünbauer ach vun hinne berschte kann unn sie sich vorne uffm Sessel abstütze«, womit er gar nicht so unrecht hatte. Darüber hinaus lagen tonnenweise Bodybuilding- und Tatoozeitschriften herum. Und von der Decke hing eine Schaukel herab.

»Was e Sau«, sagte Herbert neidisch. »Der hat jo e Fickschaugel in de Schlafschtubb!«

Karl packte seine Tasche aus und studierte die englische Gebrauchsanweisung.

Herbert stöberte derweil umher und machte den Elektriker ganz nervös mit seinem Geschwätz. »Der berscht die vun vorne, vun hinne unn dann noch uff de Schaugel, unn kriegt wahrscheinlisch aach noch Geld devor!«

»Halt doch emol dei Maul«, fuhr Karl ihn an, schwitzend vor Konzentration.

»Klappts nit?« fragte Herbert beiläufig.

Karl verzweifelte. Daß er Handschuhe anhatte, um keine kompromittierenden Fingerabdrücke zu hinterlassen, machte die Montage des Abhörgerätes nicht einfacher. Herbert stand sinnierend vor dem überdimensionalen Fernseher. Schließlich öffnete er den brusthohen Schrank, auf dem das Riesenteil ruhte. Der Schrank war voller Videokassetten. Herbert nahm eine heraus und schob sie ein. Sie zeigte einen stinklangweiligen Bodybuildingwettbewerb. Herbert spulte vor. Das Video zeigte niemand anderen als Marcus Grünbauer, der sich nackt räkelte. Herbert ging pinkeln.

Sie wurden etwa beide gleichzeitig aufmerksam, als die Stimme von Marcus Grünbauer aus dem Fernseher kam. Karl und Herbert starrten auf das Video. Es war etwas ungeschickt geschnitten, das sah man, und hinterher mit Ton unterlegt. Das hörte man. Aber es zeigte eine zusammenhängende Geschichte. Erst kam eine angezogene Frau herein, quatschte und zog sich aus. Und dann rammelten Grünbauer und die Frau.

»Was e Sau«, sagte Herbert neidisch.

Karl stimmte zu: »Was e Drecksau.«

Blitzartig nahm Herbert ein anderes Video. Es zeigte eine andere Frau, die mit Grünbauer kachelte.

Die Räumlichkeiten waren immer dieselben. Grünbauer hatte in seinem Appartement offensichtlich eine Kamera installiert und filmte die Begegnungen mit den Frauen. Anschließend verarbeitete er sie zu Kurzfilmen und sah sie sich wohl an. Irgendein Hobby muß der Mensch ja haben.

Karl packte sofort seinen Abhörkram in die Tasche.

»Des nemme mer alles mit. Des dun mer dehäm iwwerschpiele unn bringe se dann zurick!«

Jetzt hatten sie ihre Beweise. Sie packten Grünbauers Pornosammlung unter den Arm, schlossen ab, legten den Schlüssel in die Dachtraufe und fuhren zu Karls Wohnung. Es wurde eine lange Nacht. Fassungslos glotzten Karl und Herbert mit großen Ständern in den Fernseher und kopierten Grünbauers Homepornos. Grünbauer hatte anscheinend den Ehrgeiz, der Kamera immer etwas Neues zu bieten. Und so vögelte er von vorne, hinten, der Seite, im Stehen, von oben, unten links und rechts.

»Wenn des die Weiber wißte«, feixte Herbert.

»Unn erst die Ehemänner«, grunzte Karl. Und dann stellten sie sich den Polizeipräsidenten vor und dessen Gesicht, wenn er das Video sah, auf dem seine Frau wie die Furie auf dem schönen Grünbauer herumhopste. Sie war übrigens zweimal gefilmt. Ein andermal grunzte sie ekstatisch in die Kamera, während sich Grünbauer von hinten an ihr zu schaffen machte. Das schien auch Grünbauers Lieblingsvariante zu sein. Er dirigierte die Frauen mit dem Gesicht zur unsichtbaren Kamera. Grünbauer dahinter rammelnd und in die Kamera grinsend.

»Dademit kannste ja jemand in de ganz Stadt läscherlisch mache!«

»Oder erpresse!«

Jedenfalls mußte Karl einige seiner aufgenommenen Filme opfern, um den feilenden Grünbauer zu überspielen.

Als sie fertig waren, war es schon lange hell. Also konnten sie die Videos erst in der kommenden Nacht zurückbringen. Gegen die Aufregung tranken sie ein paar und schliefen dann den Schlaf der Gerechten.

Brezelmüller hielt es nicht mehr aus. Er sprang innerlich im Dreieck. Wenn er zu Hause war, spürte er das unbedingte Verlangen, seiner Frau den Hals umzudrehen. Weil das so war, kam er kaum mehr nach Hause, arbeitete noch länger. Und dabei dachte er pausenlos daran, ob seine Frau jetzt gerade mit diesem Tarzan zugange war, dem er am liebsten die Eier abschneiden würde.

»Jeder ist ersetzbar!« brüllte er seine Sekretärin wütend an.

Aber das half auch nichts. Es half nichts, seine Wut an seinen Angestellten auszulassen. Wozu sollte er auch warten? Er würde sie zur Rede stellen. Und zwar jetzt! Er würde ihr das Foto zeigen, unter die Nase halten und sie zur Rede stellen! Mit einer Behendigkeit, die man seiner Figur nicht zutraute, stürzte Brezelmüller zum Porsche und heizte mit glühenden Reifen nach Kastel.

»Sabine!!!«

Sabine gab keine Antwort. Ihr Wagen war da. Brezelmüller wütete durchs ganze Haus, bis er auf dem Küchentisch ihren Schmuck und einen Brief fand.

»Hallo HaPe!

Es hat keinen Sinn, Dir etwas vorzumachen. Ich liebe einen anderen Mann und will mit ihm ein neues Leben anfangen. Unsere Tochter weiß Bescheid. Unter diesen Umständen will ich auch nicht länger im Haus leben. Hier ist der ganze Schmuck, den Du mir geschenkt hast. Ich will

kein Geld von Dir. Ich will nur eine schnellstmögliche Scheidung und von Mainz wegziehen.
Sabine.«

Brezelmüller war fassungslos. Seine Frau gab es also zu, noch bevor er sie darauf angesprochen hatte. Und sie wollte kein Geld. Und sie wollte ihn auch nicht zum Gespött der Leute machen, sondern wegziehen. Die dumme Kuh mußte tatsächlich verliebt sein. Sonst käme sie nicht auf so eine Schnapsidee. Brezelmüller schüttelte den Kopf. Eine vierzigjährige Frau ohne einen Pfennig Geld, die sich einbildet, daß ein 27 Jahre alter Schönling sie liebt – und der mit mindestens noch zwei anderen Frauen ein Verhältnis hat. Brezelmüller war fast enttäuscht. Er hätte seine Frau für schlauer gehalten. Brezelmüller rief den Anwalt an.

Der Anwalt saß im Büro. Er hatte Magenschmerzen wegen seiner Frau. Noch hoffte er, daß sie nicht fremdging, sondern im Hochhaus irgendeine Bekannte besucht hatte. Im Gegensatz zu Freund Brezelmüller konnte er sich nicht so einfach von seiner Frau scheiden lassen. Er hatte nämlich eine wohlhabende Mainzer Bürgerstochter geheiratet, die zwar nicht ganz so attraktiv war, aber wirtschaftlich am längeren Hebel saß.

Brezelmüller rief an und schilderte kurz die Lage. »Mach die Scheidungspapiere fertig!«

»Mach ich«, sagte der Anwalt.

Sabine Müller hatte an diesem Samstagmittag mit ihrem bisherigen Leben abgeschlossen. Sie hatte erst ihrer Tochter einen Brief geschrieben und anschließend den Zettel für ihn. Dann hatte sie ihren Schmuck abgelegt, sich ein paar einfache Klamotten in den Rucksack gepackt und war mit dem Fahrrad zu einer preiswerten Pension gefahren, wo sie sich einmietete und sofort einen Anwalt beauftragte, die möglichst problemlose und schnelle Scheidung vorzubereiten. Sie wollte nur eines: ganz schnell zu ihrem Geliebten und dann gemeinsam ins Glück rasen. Sie rief ihn an, aber er ging nicht ans Telefon. Wird zu tun haben, dachte sie.

Karl und Herbert wurden nachmittags wach. Das erste, was sie nach dem Frühstück taten, war, die kopierten Videos zu beschriften. Alle Frauen, die sie namentlich identifizieren konnten, wurden aufgeführt. Frau Polizeipräsident, Frau Stadtverordnete Grieser und Frau Fiesebrecht. Dann verglichen sie die Videos mit Grünbauers Terminkalender und seiner Kundenliste. Anhand des Terminkalenders und Grünbauers sorgfältiger Angewohnheit, seine Videos zu datieren, konnten sie noch einige andere identifizieren. Es war interessant. Frau Anwalt, Frau Bauamtsleiter und Frau Wirtschaftsdezernatleiter waren auch dabei.

»Der stecht jo halb Määnz«, sagte Karl anerkennend.

»Iss nit zu fasse«, stimmte Herbert neidisch zu. In der Tat hatten sie hier den beeindruckenden visuellen Arbeitsbericht des »Stechers von Mainz«. Grünbauer mußte schon ein selten eitler Geselle sein, daß er das alles auf Video festhielt. Die Frauen und die Ehemänner würden ihn wahrscheinlich zerreißen, wenn sie von den Videos Wind bekämen. Ach ja, und ein Video von Frau Müller war auch dabei. Zum Schluß schauten sie sich, weil es so schön war, zweimal hintereinander die Frau Polizeipräsident an.

Karl war recht euphorisch über die erfolgreiche Detektivarbeit. Und in diesem Hochgefühl klingelte er mit einer Flasche Wein als Versöhnungsgeschenk bei Frau Schmitt. »Liebe Frau Schmitt. Isch wollt misch entschuldische fer den Ufftritt do neilisch, aber isch hatt halt e bißje was getrunge unn ...«

Frau Schmitt war leider nicht lieb. Seit der Anzeige hatte sie sich nachträglich in den Vorfall so hineingesteigert, daß sie immer noch wütend war. Außerdem war sie Psychologin von Beruf und schon allein deswegen eine ausnehmend humorlose Person. Sie wies Karl darauf hin, daß ihr korrekter Name Schmitt-Emmerklein laute und daß sie gar nicht daran denke, die Anzeige zurückzunehmen.

Jetzt wurde auch Karl leicht ungehalten. »Fraa Schmitt-Emmerklein. Wie Sie wisse war isch bei de Bolizei unn hab da nach wie vor mei Beziehunge.«

Frau Schmitt-Emmerklein dachte kurz nach und explodierte dann. »Wenn Sie mich einschüchtern wollen, sind Sie bei mir aber an der falschen Adresse!«

Jedenfalls gab es ein erregtes Wortgefecht, in dessen Verlauf Karl ehrlich empört »Bleedie schtudierdie Schneck« sagte und ihr mit Kündigung drohte.

»Isch habs probiert«, sagte Karl hinterher zu Herbert. »Awwer sie hat misch provoziert!«

Frau Schmitt-Emmerklein setzte sich hin und schrieb eine abermalige Anzeige. Diesmal nicht nur wegen Beleidigung, sondern auch wegen Bedrohung und versuchter Nötigung. Und damit ging sie zur Polizei.

Karl seinerseits war viel zu gut gelaunt, um sich von einer Frau Schmitt-Emmerklein die Laune verderben zu lassen. Er, Herbert und Rudi gingen in die Stadt. Bei ihrer Vorliebe für seltsame Kneipen landeten sie zielstrebig im KOHLENACHE, einer Wirtschaft, die Eigenwerbung mit dem Zusatz betrieb: »Mainzer Traditionslokal«.

Das war eine Beize nach ihrem Geschmack. Im KOHLENACHE fand man selten einen nüchternen Gast, dafür allerhand besoffene Schreihälse. Dort feierten sie zunächst die Lösung des schwierigen Falles Brezelmüller. Es gab ein großes Hallo, als einer der Alten am Stammtisch behauptete: »Seit mei Alt kä Zähn mehr im Maul hat, kann se mer viel besser äner lutsche als wie friher.«

Woraufhin die Erektionsfähigkeit des Erzählers sofort bestritten wurde.

»Du kriest doch schon seit zwanzig Jahr de Bippes nit mehr hoch.«

Was wiederum den oralen Genießer derart erboste, daß er brüllte: »Isch haach der uff die Fratz!«, woraufhin die Bedienung die Wogen glätten mußte.

Jedenfalls war somit das Motto des Abends gefunden.

»Im Grund genomme ...«, begann Herbert, »... gehert er in de Mund genomme«, vollendete Karl.

Als sie um 22 Uhr feststellten, daß sie zu besoffen waren, um die Originalvideos nach Kastel zu bringen, blieben sie einfach sitzen und soffen weiter. Das konnte auch am Sonntag erledigt werden, Grünbauer kam ja erst Montag zurück. Dachten sie.

Den Sonntagmorgen verschliefen die Detektive. Gegen Mittag räumte Karl notdürftig die Wohnung auf und machte sich aus dem Staub. Er hatte keine Lust, seiner Schwiegertochter zu begegnen, weil ihm, wie er sagte, »es Messer im Sack uffgeht, wenn isch die seh.«

Es Moni und Tochter fuhren Erna nach Hause. Erna fand einen Zettel auf dem Küchentisch.

»Kann leider nicht da sein. Muß den ganzen Tag und womöglich die Nacht observieren.
Karl.«

Erna war sauer. Sie wußte genau, warum Karl observieren mußte. Weil er es Moni nicht sehen wollte. Und die Blumen hatte er natürlich auch nicht gegossen.

Erna, Schwiegertochter und Enkelin gingen eine Runde in Mainz spazieren und wieder nach Hause. Sie setzten sich auf den Balkon zum Plaudern. Weil die Kleine quengelte, schob ihr Erna ein Biene-Maja-Video ein, was die Kleine ganz klasse fand. Es war nämlich das spannendste Biene-Maja-Video, das sie je gesehen hatte. Nur Moni traf der Schlag, als sie zufällig auf dem Weg zur Toilette in den Bildschirm sah.

»O Gott«, schrie sie und hielt ihrer Tochter die Augen zu. »Nicht hinsehen! – Erna!«

Erna dachte an einen Unfall und schoß ins Wohnzimmer. Jedenfalls sah sie auf dem Bildschirm, wie ein nackter Mann und eine nackte Frau miteinander rammelten. Sie schaltete das Video ab.

Moni war empört: »Was habt ihr denn da für Filme. Das ist ja widerlich!«

Erna lief rot an und zeigte die Kassettenhülle. Biene Maja stand darauf. »Karl?« fragte Erna.

»Das hat er bestimmt mit Absicht gemacht«, keifte Moni.

Erna: »Awwer Moni. So isser ja aach nit.«

Jedenfalls war Moni so betroffen und empört, daß sie ihr Kind schnappte und sofort nach Hause fuhr. Sie faselte noch etwas daher von wegen psychischen Schäden und Kindertherapeut.

Als sich Erna halbwegs beruhigt hatte, ging sie der Sache auf den Grund. Anscheinend hatte Karl ihre Videosammlung ergänzt. Er hatte sogar mehrere aufgenommene Filme überspielt. Nachdem Erna gemerkt hatte, daß es sich hier samt und sonders um Grünbauerpornos handelte, sah sie sich alle der Reihe nach an. Und tatsächlich, ein paar der Gazellen aus dem Fitneßstudio erkannte sie wieder. Und Frau Polizeipräsident sowieso. Bei näherer Analyse stellte Erna fest, daß Grünbauer mehrere Frauen häufiger gefilmt hatte, anscheinend je nachdem, wie oft sie ihn besucht hatten. Eigentlich, fand sie, sah Grünbauer sehr gut aus, wie er sich da lasziv im Lotterbett räkelte.

Erna mußte an Karl denken. Karl kam im Vergleich zu Grünbauer gar nicht gut weg. Erstens hatte er eine Figur wie ein vollgeschissener Strumpf, und zweitens war er weder besonders stark noch zärtlich oder gar einfallsreich.

Direkt angetan war sie von einer Szene, in der der kniende, nackte Grünbauer eine stehende Frau langsam von oben nach unten küßte, um dann endlose Minuten zwischen ihren Beinen zu nuckeln, bis er sie schließlich mit seinen starken Armen hochhob und sachte aufs Bett setzte, wo es dann ans Eingemachte ging. Jetzt sah man den Kopf der Frau, deren Oberkörper auf dem Bett lag, und Grünbauer in voller Manespracht zärtlich und ewig lange zwischen ihren gespreizten Beinen kniend ...

»Sauerei«, murmelte Erna fasziniert und machte sich einen langen Videoabend. Als Karl um 1 Uhr nachts immer noch nicht zu Hause war, ging sie müde zu Bett. Um 3 Uhr wurde sie wach und versuchte, auf seinem Handy anzurufen, aber das Handy war tot. Zu diesem Zeitpunkt lag es nämlich irgendwo auf dem Grund des Rheins. Als er morgens um 8 Uhr immer noch nicht da war, begann sie, sich Sorgen zu machen. Wo war Karl? Was war passiert?

»So«, sagte Karl, »jetzt bringe mer des ganze Gescherr widder zurick.«

Herbert stimmte zu. Und Karls weiterer Plan war einfach genialisch. Der Anwalt hatte ihm vier Wochen Zeit gegeben, um hieb- und stichfeste Beweise zu bringen. Die hatten sie jetzt. Noch hieb- und stichfester ging's nicht mehr. Also hatte der schlaue Karl die Idee, sich einfach drei Wochen auf Brezelmüllers Kosten auszuruhen und ihm dann die Beweise zu bringen. Genial.

Karl: »Mer mache uns drei Woche en schene Lenz, unn de bleed Brezelmiller bezahlt!«

Herbert: »Alles rodscher.«

Vor lauter Vorfreude tranken sie ein paar und fuhren nachts nach Kastel. Sie stellten das Auto am Rheinufer ab, packten die Tasche mit den Videos und liefen zu Grünbauer. Totenstille. Kein Licht brannte mehr in den Fenstern des Hinterhofes. Als sie in Grünbauers Schlafzimmer standen, dachte Karl noch kurz: Komisch, die Dür war ja uff.

Dann dachte er gar nichts mehr, weil es einen furchtbaren Schlag tat und er in die Knie ging. Bei Herbert tat es ebenso einen Schlag. Als sie wieder zu sich kamen, sahen sie sich einem Mann mit Strumpfmaske gegenüber, der ihnen einen Pistolenlauf vor die Nase hielt. Der Mann hatte sich die Tasche mit den Videos umgehängt und sprach kein Wort. Er legte nur den Finger an die Lippen, zum Zeichen, daß sie schweigen sollten und bedeutete ihnen, den Raum zu verlassen.

Karl ordnete seine Gedanken. Er war nicht bewußtlos gewesen, nur benommen. Sein Genick schmerzte. Anscheinend hatte ihm der Kerl mit der Handkante ins Genick geschlagen. Der klassische Karnickelfangschlag.

Herbert hingegen hielt sich seine große Nase fest und stöhnte: »Dner hot mer dnie Nos gebnoche«, woraufhin ihm der Fremde blitzartig den Pistolenlauf mit dem Korn aufs Ohr schlug. Es blutete und wurde dick.

»Herbert sei ruhisch, der macht ernst«, warnte Karl, was er nicht hätte tun sollen, weil ihm der Fremde den Pistolenlauf auf den Mund schlug, daß die Unterlippe sofort aufplatzte.

Herbert und Karl hielten das Maul. Sie trauten sich noch nicht einmal »Aua« zu sagen. Der Pistolenmann drückte ihnen die Waffe ins Kreuz und dirigierte sie nach draußen in die stockdunkle Nacht. Herbert und Karl waren von Schmerzen und Schlägen benommen. Sie trauten sich nicht, auch nur einen Mucks zu tun. Wer war der Fremde? Sicher war nur, daß er die Videos wollte.

Grünbauer? Ein betrogener Ehemann? Ein beauftragter Killer, der Grünbauer umlegen sollte? Ein Killer, von einer seiner

Gespielinnen beauftragt, der die Privatdetektive aus dem Weg räumen sollte? Oder was?

Der Killer scheuchte sie schweigend durch Kastels stockdunkle Gassen. Dann durch die Unterführung zu Kastels dunkelster Ecke. Sie standen am Brückenpfeiler der Theodor-Heuss-Brücke, genau am Rhein. Schreien war zwecklos. Hier war keine Sau. Des Rheines düstere Fluten wälzten sich unheildrohend zu ihren Füßen vorbei.

Der schießt uns dod un schmeißt uns ins Wasser, dachte Karl. Er schloß mit seinem Leben ab.

Der Fremde leuchtete ihnen mit einer Taschenlampe schmerzhaft ins Gesicht und gestikulierte. Sie gehorchten schweigend. Erst zogen sie die Hemden und Hosen aus. Widerstand hatte keinen Zweck. Sie zogen auch Unterhosen und Socken aus. Herbert schielte nach links. 100 Meter weiter stand das Auto. Aber was half das? Der Maskenmann kramte in ihren Hosentaschen, nahm etwas heraus und warf das Kleiderbündel in den Rhein. Sie standen völlig nackt vor ihm.

Er zog etwas aus der Jackentasche. Es war eine Flasche. Es war eine Flasche Schnaps. Der Fremde reichte sie an Herbert. Herbert zitterte und trank gehorsam. Karl pinkelte vor Angst. Da er keine Hose anhatte, lief ihm der widerlich warme Urinstrom die Beine entlang nach unten.

Das also. Sie sollten die Flasche Schnaps aussaufen, dann einen Schlag ins Genick bekommen und in ein paar Tagen würden zwei Leichen irgendwo angeschwemmt. Eine gelangweilte Zeitungsmeldung. Zwei Besoffene gehen nachts im Rhein schwimmen und ersaufen. Schnaps aus der Flasche und unter diesen Umständen schmeckt widerlich. Mit der Taschenlampe angeleuchtet und zur Eile gedrängt, würgte Karl den Schnaps hinunter und gab die Flasche an Herbert. Und so weiter bis ihnen die Knie wackelten und die Flasche leer war. Der Fremde nahm sie an sich und schleuderte sie in hohem Bogen in den Rhein. Dann griff er den Autoschlüssel und warf ihn ein paar Meter weiter auf den Boden, wo er mit der Taschenlampe hinleuchtete. Karl begriff als erster.

»Herbert! Renn!«

Herbert und Karl rannten zum Autoschlüssel. In dem Moment, in dem Herbert den Schlüssel aufklaubte, schoß der

Fremde. Die Pistolenkugel knallte dicht neben dem Schlüssel in den Boden.

Herbert und Karl waren keine Sportler und nicht mehr die Jüngsten. Und jetzt hatten sie keine Schuhe an und waren besoffen. Aber sie legten einen erstklassigen Spurt hin. Schwankend, besoffen, mit schmerzenden Füßen, angefeuert von Todesangst, flitzten sie wie der Furz auf der Vorhangstange zum Auto. Keuchend und in Panik schloß Herbert das Auto auf. Das Einsteigen war schwierig, weil beide Detektive gleichzeitig ihre dicken nackten Ärsche durch die Fahrertür quetschen wollten. In diesem Moment knallte noch ein Schuß. Die Windschutzscheibe zerbarst und Rudi flitzte los. Über Rudi kann man sagen, was man will, aber hier war er ein Heldenhund. Er raste aus dem Auto und stürzte sich mit Gebrüll auf die schemenhafte Gestalt, die seinem Herrn ans Leder wollte.

»Moi Audo!« brüllte Herbert mit entsetztem Blick auf die zerschossene Scheibe. Er streckte seinen dicken Arsch zum Fenster heraus und wühlte mit den Händen auf der Rückbank. Karl versuchte verzweifelt Herberts dicken Arsch durch die Tür zu schieben. Der nächste Schuß traf den Kotflügel. Schließlich wuchtete er Herberts Arsch über den Sitz nach hinten. Karl setzte sich ans Steuer. Wo war der Schlüssel?

»Herbert!!! De Schlissel!!«

Wieder knallte ein Schuß. Und dann hörte man ein Fluchen, Bellen, Knurren. Rudi war am Feind.

Der Mann mit der Pistole hatte auf das Auto geschossen, das gut sichtbar unter der Laterne am Rheinufer stand. Dann war ein braunes Knäuel auf ihn zugerannt und urplötzlich im Stockdunkeln hing ihm dieses Sauvieh von Dackel am Bein und biß ihn in den Knöchel. Es dauerte eine ganze Zeit, bis er das Vieh abgeschüttelt und ihm einen Tritt gegeben hatte, daß der Dackel jaulend und sich überschlagend durch die Nacht segelte.

Endlich hatte Karl den Schlüssel.

»Moi Hund!« brüllte Herbert, als er Rudis Jaulen hörte.

Herbert war ja eigentlich eine Seele von Mensch. Es war weniger seine Nase, um die er sich Sorgen machte. Aber, daß sein Auto kaputtgeschossen wurde, das war schon happig. Und jetzt, da sein Rudi getroffen war, jetzt war es soweit. Angst und Suff und Rudis Jaulen trieben seinen Adrenalinspiegel nach oben und legten den Schalter um. Herbert hantierte besoffen mit seinem alten Gewehr. Zunächst stieß er mit dem Gewehrlauf die zersplitterte Windschutzscheibe nach außen. Dann legte er den Sicherheitshebel um und lud durch. Weil er so besoffen war, kniete er auf dem Beifahrersitz, legte sich mit dem Oberkörper auf das Armaturenbrett, ging in Anschlag und kommandierte: »Loss!!«

Karl fuhr los. Zuerst würgte er das Auto ab. Dann zuckelte er im zweiten Gang los. Karl feuerte, was der alte Wehrmachtskarabiner hergab.

»Du Sau!!!« schrie Herbert und schoß.

Karl wurde von diesem Heldenmut angesteckt.

»Herbert!! Mach en fertisch!« brüllte er und fuhr auf den Feind zu.

Der Pistolenmann traute seinen Augen nicht. Das Auto fuhr im Zickzackkurs auf ihn zu, der Dicke lag halb auf dem Kühler und schoß. Der Mann unter der Strumpfmaske hatte weder mit dem Dackel gerechnet noch mit der Möglichkeit, daß die beiden Idioten eine Waffe im Auto hatten.

Er packte die Tasche mit den Videos, schoß mit der Pistole die Straßenlaterne aus und verschwand in der Unterführung. Eine Fußgängerunterführung. Das Auto paßte nicht durch. Brüllend und schießend eroberten sie den Brückenpfeiler, bis Herbert das Magazin leergeschossen hatte. Karl brachte das Auto zum Stehen. Rudi kroch herein. Herr und Hund lagen sich in den Armen. Herbert johlte seine Siegerstimmung heraus. In Karls Kopf kämpfte der erhöhte Adrenalinausstoß mit dem hochprozentigen Schnaps. Er versuchte zu denken. Sie waren nackt, besoffen und hatten geschossen. Es gab nur eines. Sie mußten hier weg, bevor Polizei oder sonstwer vorbeikam, der die Polizei rief.

Laufen konnten sie nicht mehr. Also fahren! Karl drehte den Zündschlüssel und der Motor heulte auf. Er hatte kein Gefühl mehr für das Gaspedal. Unter dauernder Mitnahme von linken und rechten Bordsteinen bahnte er sich den Weg. Um nicht aufzufallen ließ er das Licht aus. Sie und das Auto mit dem Einschußloch mußten hier weg. Sie mußten nach Hause. Auto in die Garage stellen.

Er brauchte lange, bis er die Auffahrt zur Theodor-Heuss-Brücke fand. Auf dem Kasteler Kreisel suchte er die rettende Abfahrt vergebens. Fünfmal mußte er um den Kreisel fahren, bis er die Ausfahrt fand und endlich im Zickzack auf die Rheinbrücke gelangte.

Herbert, in Hochstimmung, weil sie den Feind in die Flucht geschlagen hatten, kramte im Handschuhfach, bis er ein paar einzelne Patronen und eine Kassette mit Marschmusik fand. Die legte er ein und drehte auf volle Lautstärke, damit Karl nicht am Steuer einschlief. Karl hielt sich mit der linken Hand ein Auge zu, um halbwegs klar zu sehen. Sie mußten geradeaus. Geradeaus vor ihnen war das rettende rheinland-pfälzische Ufer. Am Ende der Brücke steht das große ehemalige Kurfürstliche Schloß, jetziger Landtag. Karl visierte den Landtag an. Dort brennen auch nachts auf Steuerzahlerkosten Lichter, die dem Bürger vortäuschen sollen, daß emsige Volksvertreter Tag und Nacht für das Wohl des Landes arbeiten. An diesen Lichtern orientierte sich Karl. Er versuchte sich in der Brückenmitte zu halten, was er nicht schaffte. Er brauchte alle vier Fahrspuren. Herbert lud die Patronen einzeln ins Gewehr und versuchte links und rechts die Brückenbeleuchtung auszuschießen, damit sie unerkannt vorwärtskamen. Dabei grölte er Schlachtgesänge aus längst vergangenen Tagen.

»Unn die Fah-ne fladdert uns voran!«

Manchmal kam ihnen ein wild hupendes Auto entgegen. Am Ende der Brücke riß Karl im letzten Moment das Steuer auf die rechte Seite und fuhr im zweiten Gang Vollgas auf die Rheinstraße. Das dauernde Zickzackfahren verursachte ihm Übelkeit. Schwallartig kam der Schnaps hoch. Warum fuhr Herberts Auto auch immer zickzack? Karl spürte den Widerstreit zwischen Müdigkeit und aufsteigender Übelkeit.

Herbert kämpfte bis zur letzten Patrone. Nach dem letzten Schuß sang er ein anderes Lied.

Karl wußte nicht mehr, wo sie waren. Das Auto war immer schwerer zu steuern. Das kam daher, weil er immer besoffener wurde und aus einem Reifen die Luft herauspfiff, weil Karl dauernd an den Bordstein donnerte. Irgendwann sah er auf der rechten Seite Richtung Rhein ein Tor. »Muß kotze«, murmelte er und versuchte durchs Tor zu fahren, wobei er die ganze rechte Hälfte des Autos am Pfeiler aufriß. Dann fuhr er noch ein paar Meter, bis das Auto genau an einen Baum prallte und stehenblieb. Er kotzte über das Lenkrad und schlief ein.

Herbert saß regungslos auf dem Beifahrersitz, umklammerte das Gewehr und sang lallend: »Olee, Olee, mer fahrn zum greßte Puff vun Barzelona, Olee, Olee.«

Als der Polizist mit gezückter Pistole an die Seitenscheibe klopfte, reagierte niemand außer Rudi, der ein müdes Wau von sich gab und die Kotze von Karls Bein schlabberte.

»Des glaab isch nit«, sagte der junge Streifenpolizist zu seiner Kollegin.

Die Polizisten waren fassungslos. Mitten in der Nacht fuhr ein Auto ohne Licht zickzack durch Mainz, bis es langsam gegen einen Baum prallte und stehenblieb. Am Steuer saß ein nackter, betrunkener Mann, nicht angeschnallt. Daneben, ebenfalls nackt, betrunken und nicht angeschnallt, ein Mann mit einem alten Armeegewehr in der Hand.

In solchen Fällen sollte man Verstärkung holen, aber weil der Polizist vor der Frau angeben wollte, nahm er die Sache allein in die Hand, obwohl ihm die Knie zitterten. Die Polizistin zielte mit der Pistole auf Herberts Kopf, während der Kollege ganz vorsichtig das Gewehr nahm. Der Lauf war warm. Vor kurzem mußte damit geschossen worden sein. Das paßte auch zu dem Einschußloch im Kotflügel des demolierten Autos, das keine Windschutzscheibe mehr hatte. Er legte das Gewehr in den Kofferraum des Polizeiwagens. Sie gaben die Autonummer des Fahrzeugs durch. Der Halter des Wagens war anscheinend ein unbescholtener Bürger namens Herbert Dickmilch.

»Den kenn isch irgendwoher«, sagte die Polizistin.

Aus den beiden selbst war wenig herauszubekommen. Als sie die Fahrertür öffneten, fiel ihnen der Fahrer vor die Füße. Der Polizist – ein alter Polizistentrick – hatte immer eine Sicherheitsnadel dabei. Die stach er in Karls Arsch. Der öffnete ein Auge und lallte.

Die Polizistin hörte genau hin und verstand: »Isch heise Anwald unn sach nix ohne moin Kall Napp«, was auch das Vernünftigste war, was er sagen konnte.

Herbert weigerte sich ebenfalls, irgend etwas zu sagen, was gegen ihn hätte verwendet werden können. »Dem hab ischs gebbe«, lallte er stolz.

»Karl Napp«, murmelte der Polizist und es fiel ihm wie Schuppen von den Augen. Vor zwei Jahren waren die beiden aus dem Polizeidienst verabschiedet worden. Und letztes Jahr war dieser Napp bei der Polizeifassenacht aufgetreten. Jetzt erinnerte sich auch die Polizistin. Intern hatte es hinterher Proteste gegeben wegen Napps frauenfeindlichen Sprüchen. Unter starkem Einsatz der Sicherheitsnadel hakten sie beide unter und bugsierten sie auf die Rückbank des Streifenwagens.

In der Polizeizentrale am Valenciaplatz bekamen sie zwei alte Decken und wurden samt Dackel in die Ausnüchterungszelle verfrachtet. Die Polizistin schrieb einen Bericht. An der Sache selbst gab es wenig zu deuteln. Trunkenheit am Steuer, gefährlicher Eingriff in den Straßenverkehr, Erregung öffentlichen Ärgernisses, Beschädigung öffentlicher Anlagen, Besitz einer nicht angemeldeten scharfen Kriegswaffe ohne gültigen Waffenschein, unerlaubter Schußwaffengebrauch mit ebenderselben usw.

Aber was machte man, wenn zwei ehemalige Polizisten die Übeltäter waren? Schließlich schlossen sie den Bericht weg, legten eine Kopie in einen geschlossenen Umschlag und schoben ihn unter der Tür des Chefs durch mit der Aufschrift: Dringend, nur Chef persönlich.

Das Erwachen war furchtbar. Als ehemaliger Polizist ist es unangenehm, wenn man nackt, nur mit einer alten Wolldecke aus Bundesbeständen zugedeckt, in der Ausnüchterungszelle erwacht. Die Zellentür öffnete sich. Vor ihnen stand der Binger Hansi und fragte: »Karl! Soll isch es Erna anrufe?«

»Bloß nit«, flehte Karl und sah auf die Uhr. Es war kurz nach acht. Grausame Erinnerungsfetzen an die Nacht schossen ihm durch den schmerzenden Schädel. Der Schlag ins Genick. Der Maskenmann mit der Pistole. Die gestohlenen Videos. Die Todesangst. Die Schießerei.

Karl gab Herbert die Hand.
»Herbert. Du hast unser Lebe gereddet. Wo haste dann nur des Gewehr her?«
Herbert, die geschwollene Nase betastend, erzählte von seiner glücklichen Kindheit in einem rheinhessischen Dorf. Im März 1945 klaubten alle Kinder die eilig weggeworfenen Wehrmachtswaffen samt Munition zusammen und vertrieben sich ihre Freizeit mit Schießübungen. Daher stammte der alte Karabiner. Aber das half jetzt nichts mehr. Ihnen dämmerte, daß sie sich heute nacht gründlich in die Bredouille geritten hatten. Und vor allem: Sie hatten Angst. Wenn die Videos so wichtig waren, daß deshalb auf ehrliche Detektive geschossen wurde, dann wurde es brenzlig.
»Isch trau misch gar nit hääm bei moi Erna«, sagte Karl.
»Wenn uns die Kollesche iwwerhaupt hier rauslasse«, meinte Herbert.
Karl durfte von der Wache den Anwalt anrufen: »Frolleinsche! Es geht um Lebe unn Dod. Isch sitz hier nackisch in de Bolizeizell. De Herr Dogder soll komme. Aber schnell. Es pressiert!«
Das Frolleinsche verband ihn mit dem Anwalt. Der Anwalt hörte ungläubig zu und machte sich besorgt auf den Weg. Wenn er Napps halbbetrunkenes Geschwätz richtig verstanden hatte, dann hatte er Videos als Beweise. Aber die waren gestohlen worden. Hatte er sie jetzt oder nicht?
In der Ausnüchterungszelle wurde der Anwalt Zeuge eines häuslichen Dramas. Erna Napp, vom neugierigen Binger Hansi doch alarmiert, stand mit einem Bündel Klamotten vor zwei nackten Männern und schrie: »Saach emol, bist du jetzt ganz depp!«
»Wo warste dann die ganze Nacht?«
»Unn immerhaupt! Du bis ja ganz nackisch!«
»Schämst de disch dann gar nit?«
»Unn gesoffe haste aach widder! Kerl, hast du die Heef.«
»Unn iwwerhaupt! Des is ja es Greßte! Was fällt en dir in, uff dem Kind sei Biene-Maja-Kasedde Pornos druffzuschpiele! Wie steh isch dann do vor de Moni! Du blamierst misch hinne unn vorne!«
Karl und Herbert zuckten vor ihrem Geschrei zusammen.

Sie mußten starke Kopfschmerzen haben. Daneben stand der Binger Hansi und hörte aufmerksam zu.

Zuerst zog der Anwalt die Tür zur Zelle von innen zu, damit Binger Hansi nicht mithören konnte.

»Frau Napp, Ihr Mann steckt in ernsten Schwierigkeiten. Gehen Sie jetzt bitte nach draußen und lassen Sie uns allein.«

Widerstrebend ging Erna hinaus.

»Schwierischkeide! Was meene Sie dann in was fer Schwierischkeide der misch bringt?« maulte sie noch. »Den alde Hutsimbel derf mer noch nit zwä Daach allää lasse!«

Als sie draußen war, atmete der Anwalt tief durch, was er sofort bereute. Die Zelle roch widerlich nach abgestandener Schnapsfahne. Beim Inhalieren wurde ihm übel.

»Wer sind Sie?«

»Herbert Digmilsch«, sagte Herbert Dickmilch. »Sein Kompaniong.«

Der Anwalt seufzte. Womöglich wußte jetzt schon halb Mainz, daß seine Frau fremdging. Während sich Karl und Herbert anzogen, erzählten sie.

»Und Sie haben alle Videos?«

»Alle«, sagte Karl.

»Wo?«

»Bei mir dehääm.«

»Und die Originale?«

»Geklaut«, sagte Herbert.

»Unn dadebei hat uns der Killer fast dodgeschosse«, ergänzte Karl.

»Scheiße«, sagte der Anwalt. Ihm schwante Allerübelstes.

Da keine Fluchtgefahr bestand, durften sie die Polizeizentrale verlassen. Der Anwalt fuhr Erna, Karl, Herbert und Rudi nach Hause. Der Jurist erläuterte ihnen den Ernst der Lage. Herbert wurde noch blasser und lieh sich Karls Auto. Er wollte dringend nach Mommenheim, um seine restliche Waffensammlung im Garten zu vergraben, bevor neugierige Polizisten kamen, um sie zu beschlagnahmen. Der Anwalt verdonnerte ihn noch einmal zu absolutem Stillschweigen.

»Was wissen Sie über die Videos?«

»Nix«, sagte Erna, eingeschüchtert von der Aussicht auf

Karls bevorstehendes Strafmaß.

Karl selbst war fingerhutgroß. Er hatte Angst. Nicht zuletzt vor dem Mann mit der Pistole. »Ja, was soll isch denn jetzt mache, Herr Dogder?«

»Am besten«, sagte der Anwalt, »bleiben Sie vorerst im Haus, rühren sich nicht von der Stelle und fangen sich keine weiteren Anzeigen wegen Beleidigung oder Trunkenheit am Steuer ein.«

»Vielleicht brauch isch Personeschutz«, muckte Karl kurz auf.

»Wollen Sie der Polizei auch noch erzählen, daß Sie nachts in Kastel eingebrochen sind, gestohlen und Hausfriedensbruch begangen haben?«

»Besser nit«, stimmte Karl zu.

Der Anwalt ließ sich alle Videos und Unterlagen geben. Als er draußen war, schloß Karl die Wohnungstür ab. Erna war jetzt nicht mehr wütend, sondern nur noch besorgt.

»Ach Gott, Karl. Was haste dann widder angestellt?«

Karl erzählte ihr alles. Haarklein.

Der Anwalt fuhr erst gar nicht zurück ins Büro. Er rief aus dem Auto bei Brezelmüller an. HaPe ließ alles liegen und donnerte mit dem Porsche nach Kastel. Sie brauchten einen Videorecorder, aber keine Zuschauer. Der Anwalt stellte die Tasche auf den Wohnzimmertisch, packte 24 Videos aus und Karls Liste von allen identifizierten Frauen, die auf den Videos waren. Zwei Videos legte er auf die Seite.

»Meine Frau und deine Frau«, sagte der Anwalt.

»Ich zuerst«, schluckte Brezelmüller. Er hatte einen Kloß im Hals.

»Soll ich rausgehen?« fragte der Anwalt.

»Wär mir lieber.«

Der Anwalt ging auf die Terrasse und starrte in Brezelmüllers Pool. Er fühlte sich elend. Brezelmüller schob das Video ein und sich eine Blutdrucktablette in den Hals. Es war nur eine relativ kurze Passage, aber es reichte, um Wut und Eifersucht hochzuwürgen. Kurzzeitig verlor er die Fassung und schleuderte eine Flasche Wein an die Wand. Dann ging er auf die Terrasse.

Der Anwalt spürte das Elend in den Eingeweiden noch bevor er es sah. Es war furchtbar. Seine Frau. Wie konnte sie nur? Es war so grenzenlos widerlich. Von seiner ganzen mondänen Erscheinung blieb nichts mehr übrig. Mit hängenden Schultern und Tränen in den Augen ging er zu seinem Freund. Und auf der Terrasse taten sie etwas, was sie noch nie getan hatten. Sie weinten und nahmen sich in den Arm. Dann schnorrte sich der Anwalt eine Zigarette und einen Cognac.

»Und was jetzt?« fragte er hilflos.

Brezelmüller knurrte: »Diesem Grünbauer lege ich das Handwerk! Und zwar auf meine Art.«

Der Anwalt sah ihn an. Brezelmüller war nicht nur in der Welt der feinen Anzüge zu Hause. In früheren Jahren hatte er sogar ziemlich unsaubere Geschäfte gemacht. Und es war anzunehmen, daß er im ehemaligen Zanggassen- und Neutorgassenmilieu immer noch seine Kontakte hatte.

»Besser, wenn ich davon nichts weiß«, sagte der Anwalt

Brezelmüller nickte grimmig.

Anwalt: »Bleibt aber immer noch die Frage, wer dem Detektiv die Originalvideos abgenommen hat?«

Das war in der Tat ein Problem.

»Hoffentlich Grünbauer«, sagte HaPe. »Wenn er es war, dann krieg ich auch die Originalvideos.«

»Und wenn nicht?«

»Dann sitzen wir womöglich in der Scheiße. Mit diesen Videos kann man halb Mainz lächerlich machen.«

»Oder erpressen«, sagte der Anwalt.

»Oder das«, stimmte Brezelmüller zu.

Dieser Montag war generell unerfreulich. Um 8 Uhr morgens war Stany in Kastel zur Arbeit angetreten. Weil die Bürotür aufgebrochen war, sah er schnell nach, ob etwas fehlte, konnte aber nichts erkennen. Allerdings wollte er auch nicht wegfahren und hier noch länger die Tür aufstehen lassen. Also brutzelte er sich im Hinterhof ein großes Frühstück, bewachte die offene Tür und wartete auf seinen Chef.

Marcus Grünbauer setzte um 11 Uhr Frau Dr. Fiesebrecht dezent in der Nähe ihres Hauses ab und donnerte mit wehender Mähne nach Kastel. Er war einigermaßen verwundert, daß Stany um diese Zeit nichtstuend herumsaß. Stany schlug mit der flachen rechten Hand mehrmals auf die Daumenseite der linken Faust. »Hallo Marcus. Wie war Wochenändä?«

»War ganz o. k.«, sagte er flüchtig. »Ist was?«

»Jemand hat heite nacht die Türr aufgäbrochän. Deshalb wollt ich wartän, bis du kommst.«

Ein Einbruch? Marcus wetzte ins Büro und sah sich um. Anscheinend fehlte nichts. Marcus sah auch in dem alten Schuhkarton in der Ecke nach, wo er immer Bargeld bunkerte. Auch da fehlte nichts.

»Warum bist du nicht zur Polizei gegangen?« Die Kasteler Polizeistation war gerade mal 700 Meter weiter.

»Marcus«, sagte Stany. »Ich bin Pole. Gäh du mal als Pole auf Polizei und sage, daß bei dir eingebrochän wordän ist. Polizei lacht sich tot.«

Da hatte Stany auch wieder recht. Und dann kam Marcus ein furchtbarer Gedanke. Er ging in sein Schlafzimmer. Fernseher und Videorecorder waren da. Er riß die Schranktür auf. Die Videos aber waren weg.

»Oh, Scheiße!« schrie er.

»Was los?«

»Die Videos! Alle meine Videos sind weg! Alle!«

»Was fir Videos?«

»Die Videos. Alle Filme. Ich habe alle Frauen heimlich gefilmt, die mich im Appartement besucht haben. Und die sind jetzt weg!«

»Oih«, sagte Stany. »Du hast allä Frauän gefilmt und die sind jetzt weg?«

»Ja, verdammt!«

»Dann gäh zu Polizei!«

Marcus tobte.

»Soll ich der Polizei erzählen, daß man mir alle Videos geklaut hat, auf denen zu sehen ist, wie ich mit verheirateten Frauen bumse?«

»Oioih«, sagte Stany. »Das gäht natirlich nicht.«

»Eben«, verzweifelte Marcus. »Wenn die Videos in die falschen Hände kommen, kann ich den Laden dichtmachen!«

»Hm«, sagte Stany. Das waren keine erfreulichen Aussichten. »Vielleicht war sich Dummejungenstreich.«

»Hoffentlich«, sagte Marcus. Das war die einzige Hoffnung, die ihm blieb. Jedenfalls bastelte Stany ein Vorhängeschloß an die Tür und Marcus fuhr mit ihm weg –, um richtig zu arbeiten und nicht daran denken zu müssen, was passieren könnte, wenn die Videos in die falschen Hände gerieten.

Nachdem der Anwalt weg war, ging HaPe mit grimmiger Wut daran, sich Grünbauers Pornos anzusehen. Wenn ihn überhaupt etwas trösten konnte, dann die offensichtliche Tatsache, daß er nicht alleine betrogen wurde, sondern annähernd die ganze Handkäsmafia. Machtmensch, der er war, witterte er instinktiv, daß hier eine Möglichkeit lag, das Rudel noch enger an sich zu binden.

Wenn ein Mann betrogen wird, lachen alle anderen über ihn. Wenn alle betrogen werden, schweißt das zusammen. Zwei Videos sah er sich besonders gründlich an. Einmal Frau Grieser und zum anderen die Frau von »Fläschworschttoni«. Das hatte seinen Grund.

In der unerklärten Hierarchie der Handkäsmafia stand der Stadtverordnete Grieser auf eher untergeordneter Position, aus dem einfachen Grund, weil Grieser nur Politiker war. Grieser gehörte zu jener Sorte Mensch, denen es im Traum nicht einfällt, jemals im Leben etwas Ordentliches zu arbeiten. Nach Schule und Universität war er übergangslos zum politischen Berufsfunktionär geworden. Grieser kannte nichts außer Parteimief. Brezelmüller förderte ihn schon seit gut 15 Jahren, aber er hatte berechtigte Zweifel, ob aus Grieser jemals etwas werden würde. Egal was Grieser anfaßte, er schaffte es immer nur bis zum Stellvertreter. Im Moment war er stellvertretender Fraktionsvorsitzender der Partei im Stadtrat. Das größte, was Grieser je zustande gebracht hatte, war, daß er gegen eine Parteispende von 50.000 DM dafür gesorgt hatte, daß Brezelmüller und Fleischwursttoni billig ein städtisches Grundstück erwerben konnten, auf dem sie schön gebaut hatten und noch schönere Gewerbemieten kassierten. Dafür hatten sie Grieser mit einem Maledivenurlaub belohnt. Weil er so brav war.

Er rief Grieser an.

»Hallo. Ich bins, HaPe. Grieser, ich hab was ganz Wichtiges. Du mußt sofort zu mir nach Kastel kommen. Jetzt auf der Stelle.«

Grieser bedauerte: »Geht nischt. Isch gehe jetzt schnell mit meiner Frau essen, und dann muß isch in die Fraktionssitzung.«

HaPe verlor die Geduld: »Grieser! Du solltest dich mal daran erinnern, was ich für die Scheißpartei und für dich schon getan habe.«

Grieser stand mit Handy am Ohr im Flur des Rathauses und zuckte zusammen. Er seufzte. Oh ja. Brezelmüller hatte der Partei viel gespendet, er hatte ihm bei der Bank einen sensationellen Kredit für den Eigenheimbau besorgt, und er hatte über seine unerschöpflichen Beziehungen auch dafür gesorgt, daß die Baumaterialien etwas billiger wurden. Den Maledivenurlaub nicht zu vergessen.

»Gut. Isch komme und bringe meine Frau mit.«

»Grieser! Es geht um deine politische Karriere und deine Ehe. Du kommst allein und zwar in zehn Minuten!«

»Meine Karriere und meine Ehe?« fragte Grieser, aber HaPe hatte schon aufgelegt.

Unter einem Vorwand versetzte der Stadtverordnete seine Frau und fuhr zu Brezelmüller.

HaPe rief Fläschworschttoni an. Fleischwursttoni hieß Fleischwursttoni, weil er der reichste Metzger von Mainz war. In ökonomischer und sexueller Hinsicht hatte er die Politik der kurzen Wege beherzigt, indem er eine ebenfalls reiche Metzgerstochter geheiratet und ein Fleischimperium aufgebaut hatte, das aus ca. 15 Metzgereifilialen, Viehhandel, zig Kneipenbeteiligungen und sonstwas bestand. Ansonsten war er eine legendäre Knallcharge. Mit HaPe war er einmal zum Skilaufen nach St. Moritz gefahren und hatte sich distinguiert-gelangweilten Millionären mit dem kernigen Spruch vorgestellt: »Isch bin de Toni unn mach in Worscht!« Das war für diese degenerierten Menschen derart exotisch, daß sie diesen Metzger sofort ins Herz schlossen.

Sein Exotendasein in St. Moritz hatte er dann leidlich ausgekostet, indem er eine Määnzer Fassenacht veranstaltet hatte.

Kurzerhand hatte er zwei seiner Gesellen mit einem Transporter voller »Weck, Worscht unn Woi« nach Moritz geordert und dann diesen Schnöseln gezeigt, wie man feiert.

»Toni? Ich bins, HaPe.«

»Guude, Brezelmüller!«

»Toni, ist deine Frau da?«

»Moi Alt? Nä, die hab isch in Kur geschickt, damit se misch nit nervt. Weeste, isch hab da grad so e nei Verkäuferin, so e Schnecksche, um des isch misch kimmere muß.«

Toni war berühmt dafür, daß er die Einstellungen neuer Metzgereiverkäuferinnen selbst vornahm.

»Toni! Es ist wichtig. Komm bitte sofort.«

Toni hörte an HaPes Stimme, daß es wichtig sein mußte. Also fuhr er schnell im Metzgerkittel zu seinem Freund und Führer. Toni hatte eine solide Metzgerstatur und einen blutigen Kittel. Neben ihm, groß, hager und gleichzeitig schwammig um die Hüften, Grieser in Anzug und korrektem Rechtsscheitel. Vor ihnen Brezelmüller.

»Meine Frau betrügt mich mit meinem Gärtner.«

Grieser klappte der Mund auf.

Toni, der sein Herz auf der Zunge trug und dem nichts fremd war, was 15 cm unterhalb des Bauchnabels geschah, sagte dazu: »Ja, unn weider? Was geht dann misch des an?«

HaPe: »Mein Gärtner ist auch euer Gärtner.«

Grieser glotzte.

Toni, von schnellerer Auffassungsgabe, dämmerte es.

Brezelmüller legte eine Kassette ein.

Toni, interessiert: »Willste uns jetzt Videos zeische, oder was?« Toni sah auf das Video. Es zeigte seine Frau mit Grünbauer.

Grieser glotzte mit offenem Mund.

Toni sah ungerührt hin. Dann stieß er Grieser den Ellenbogen in die Rippen. »Moi Alt treibts mit em Gärtner. Ha! Des glaab isch ja nit!« Toni schüttelte ungläubig den Kopf. Irgendwie schien er sich nicht sonderlich aufzuregen. Dann sagte er: »Unn die Alt macht jedesmal en Rieseuffstand, wenn isch emol mit so eme Schnecksche maus. Aber jetzt nit mehr. Des is jetzt vorbei.« Fast schien es, als gefiele ihm das Video, weil er damit seine Frau zum Schweigen bringen könnte.

Brezelmüller schob ein anderes Video ein.

Grieser zuckte im Gesicht. Er bekam rote Flecken am Hals. Schließlich sprang er vom Stuhl, der nach hinten umfiel.

Toni war begeistert: »Grieser! Doi Alt is ja e rischtisch Raket im Bett!«

Grieser verlor die Fassung. Entsetzt riß er die Augen auf und hielt sich mit den Händen an der Tischkante fest. Dann ließ er los.

Brezelmüller stellte das Video ab. Es reichte.

Griesers schmale, niemals mit körperlicher Arbeit geschändete Händchen griffen haltsuchend in die Luft. »Das ... das ... das ... ist ...« Aber selbst in diesem Moment tiefsten persönlichen Schmerzes fiel ihm nichts besseres ein als seine hohlen Phrasen: »Isch, isch bin betroffen und empört ... erfüllt von Wut und Trauer.«

» Grieser, mir gehts genauso«, tröstete Brezelmüller.

»Unn isch erst«, sagte Toni. »Isch kanns nur nit so zeische.«

Herbert Dickmilch und Rudi Dackel waren zügig, aber Geschwindigkeitsbegrenzungen peinlich genau beachtend, nach Mommenheim gefahren, wo Herbert im Garten hinter dem Haus ein großes Loch aushob. Dann nagelte er im Keller eine Holzkiste zusammen. Er packte alle Hinterlassenschaften des Großdeutschen Reiches hinein, die ihm seit seiner Kindheit lieb und teuer waren. Zwei Pistolen, ein Gewehr, eine Maschinenpistole, seine Panzerfaust und die ganze Munition. Das alles vergrub er schwitzend im Garten und packte den Komposthaufen darüber.

Wieder im Haus zog er die Vorhänge zu, setzte sich an den Wohnzimmertisch und wartete. Neben ihm lag das geladene Jagdgewehr, für das er einen Waffenschein besaß.

»Soll nur komme«, murmelte er und meinte den Mann mit der Maske.

Karl Napp war die schwitzende Angst. Jedesmal, wenn das Telefon klingelte, zuckte er zusammen. Nachdem es aber endlos weiterläutete, verlor er die Nerven: »Erna, geh du ans Dellefon.«

Erna nahm den Hörer ab. Es war nicht der Killer mit der Maske, es war der Binger Hansi. Hansi wollte wissen, was eigentlich gestern nacht los war und wo Karl wäre. Erna sagte, sie wisse nichts und Karl sei weg. Jedenfalls erfuhr sie von Hansi, daß gegen Karl eine neue Anzeige von Frau Schmitt vorläge. Abermals wegen Beleidigung, diesmal mit dem Zusatz der versuchten Nötigung und Erpressung. Karl hätte sie zwingen wollen, die Anzeige zurückzunehmen.

Karls Stimmung wurde dadurch nicht besser. Abends klingelte abermals der Apparat. Karls Sohn. Karl solle sich bei Moni wegen dem Porno entschuldigen. Das Kind sei völlig verstört, Moni fix und fertig. Sie hätten schon einen Termin beim Kinderpsychologen.

»Du unn dei bleed Moni, ihr kennt misch am Arsch legge!« brüllte Karl ins Telefon, weshalb er mit Erna Streit bekam. Er ging in den Keller, um in der blauen Lagune zu schlafen, hatte aber Angst alleine. Er kam wieder hoch in die Wohnung.

Wer war der Mann mit der Maske?

Wenn er nur die Videos wollte, warum hatte er dann geschossen?

Wenn sie beobachtet worden waren, dann wußte der Fremde womöglich, daß sie Kopien hatten?

Wollte er auch die Kopien?

Dann würde er kommen und sie holen!

Und ihn, Karl, dann wirklich erschießen?

Um 1 Uhr nachts klingelte das Telefon. Kreidebleich hob Karl den Hörer ab: »Isch bins, de Herbert. Karl, kannst du aach nit schlafe?«

Der Anwalt blieb am Montag lange im Büro, weil er sich davor ekelte, nach Hause zu gehen. Seine elegante Erscheinung war nur noch Fassade. Die schicke Designerbrille, der sorgsam gepflegte Dreitagebart und das geölte, graumelierte Haar mit dem verwegenen Zöpfchen samt dem Armanianzug waren nur noch die äußere Staffage für einen innerlichen Elendshaufen. Warum nur? Wie konnte sie ihm das antun?

Schließlich rief ihn sein Sohn an. Er packte sich ein paar Aktenordner ein und fuhr zum Abendessen nach Hause. Widerwillig ertrug er den Begrüßungskuß seiner Frau und stocherte lustlos im Essen.

Mit innerem Ekel ertrug er das Kindergeschwätz. Und das Gerede seiner Frau, die die treusorgende Gattin und Mutter spielte, als wäre nichts gewesen. Nach dem Essen verzog er sich in sein Arbeitszimmer und starrte an die Wand. Vor seinen Augen sah er das Video. Pausenlos flimmerte vorüber, wie sich seine Frau mit diesem Grünbauer nackt im Bett wälzte. Es war ekelhaft.

Der politische Berufsfunktionär Grieser war am Boden zerstört. Wie eine Mumie schleppte er sich in die Fraktionssitzung. Vor seinen bebrillten Glupschaugen sah er seine Frau, wie sie lustvoll stöhnend auf diesem Grünbauer saß, der ihre Brüste begrapschte. Es war furchtbar. Nach der Sitzung ging er wie immer mit den Parteifreunden einen saufen. Davon wurde es nicht besser, es wurde schlimmer. Grieser trank und sprach nichts. Er ließ sich mitnehmen und zu Hause absetzen.

Wenn Grieser getrunken hatte, durfte er nicht im Ehebett schlafen. Zweimal lief er zum Schlafzimmer, um sie zur Rede zu stellen. Er traute sich nicht. Er öffnete noch eine Flasche Wein und schlief auf dem Sofa.

Nur Fleischwursttoni schlief in dieser Nacht genausogut wie immer. Vielleicht sogar besser. Mit Begeisterung hatte er sich ausgemalt, wie er seine Frau bei ihrer Rückkehr mit dem Video konfrontieren würde. Ab jetzt würde er sich, was die außereheliche Mauserei anging, noch weniger Zurückhaltung auferlegen, was allerdings, wenn er genauer darüber nachdachte, eigentlich gar nicht mehr möglich war. Aber trotzdem.

»Ab jetzt«, schwor er sich, »werd gekachelt bis die Worscht platzt.«

Dienstagmorgen.

Der Anwalt stöhnte. Karl Napp hatte schon vor 8 Uhr morgens alle fünf Minuten in der Kanzlei angerufen und die Sekretärin genervt. Jetzt endlich hatte er ihn an der Strippe.

»Gude Morsche, Herr Dogder. Isch hab heit nacht kä Aach zugemacht, aber isch hab mir was ausgedengt.«

»Was haben Sie sich denn ausgedacht, Herr Napp?«

»Also, zu allererst: Die Schmitt, die bleed Bichs, die hat misch jetzt noch emol angezeischt, diesmal wegen Nödischung, was nadierlisch Quatsch is, aber ...«

»Darum kümmere ich mich, Herr Napp«, unterbrach er den Schwätzer.

»Unn jetzt folschendes: Wenn Sie mer des Video vun de Frau Bolizeipräsident gebbe, unn isch mit dem Video zum Bolizeischeff geh, dann kann isch den Mann vielleischt davon iwwerzeusche, daß er des Verfahre gesche misch unn de Herbert falleläßt, weil isch dann nit weiderverzehl, daß sei Fraa mit dem Grünbauer bumst, unn isch des Video ach nit weiderverbreide tu.«

Der Anwalt glaubte, platzen zu müssen. So blöde konnte doch niemand sein. »Herr Napp! Das ist versuchte Erpressung eines hochrangigen Polizeibeamten und der beste Weg, daß Sie nicht nur, wie bisher sicher, Ihren Führerschein und Ihre Lizenz verlieren, sondern todsicher in den Bau wandern.«

Napp erschrak: »War ja aach nur so e Idee vun mir.«

Der Anwalt fluchte. Als hätte er keine anderen Sorgen. So ein Dummschwätzer!

Danach hatte er Gerichtstermine. Er war unkonzentriert. Wenn schon dieser selten dämliche Napp auf die Idee kam, mit den Videos jemand erpressen zu wollen, dann blieb nur zu hoffen, daß die Originalvideos in noch dämlicheren Händen waren.

Vom Gericht zurück in der Kanzlei, brachte die Anwaltsgehilfin ein Päckchen, das ohne Absender im Briefkasten gelegen hätte. Der Anwalt hatte sofort ein ungutes Gefühl. Und damit lag er richtig. Jetzt war sie da, die Katastrophe. Er rief sofort bei Brezelmüller an, doch der hatte sein Handy ausgeschaltet.

Die drei Männer beobachteten den Eingang zum Hochhaus. Um 9 Uhr 30 hängten sie einen Zettel neben Grünbauers Klingel. »Hallo. Bin leider verhindert. Marcus Grünbauer.«

Kurz vor 10 Uhr kam eine Frau, wollte klingeln, sah den Zettel und ging wieder. Die drei stürzten zur Tür und klingelten. Der automatische Türöffner summte. Sie fuhren mit dem Fahrstuhl nach oben.

Marcus Grünbauer versuchte, sich auf seine Arbeit zu konzentrieren, anstatt an die gestohlenen Videos zu denken. Als es pünktlich klingelte, drückte er den Türöffner, lehnte die Wohnungstür an. Dann schaltete er die versteckte Kamera im Wandschrank an und legte sich in aufreizender Pose auf seine Arbeitsunterlage. Er schloß die Augen und konzentrierte sich. Die Frau des Bauamtsleiters ging alle vierzehn Tage dienstags vormittags zum Stadtbummel. Sie kam immer pünktlich um 10 Uhr. Als er hörte, wie die Wohnungstür auf und zu ging, schöpfte er keinen Verdacht. Erst als sie von innen abgeschlossen wurde und er viele schwere Schritte vernahm, merkte er, daß etwas faul war. Aber da war es zu spät. Vor ihm standen Zorro, Frankenstein und Freddy Krüger.

Marcus wollte losbrüllen, aber Freddy Krüger war schneller. Er zog ein riesiges Fleischermesser aus der Tasche und stürzte sich auf Marcus. Es ging in Sekundenschnelle. Marcus lag auf dem Bett und rührte sich nicht. Freddy Krüger hielt ihm das Fleischermesser an den Kehlkopf. Frankenstein zog Stricke aus der Tasche. Er fesselte den Hilflosen mit waagrecht ausgebreiteten Armen und gespreizten Beinen an den vier Bettpfosten. Sie schwitzten und schnauften unter den Masken. Es waren drei Männer mit Fassenachtsmasken. Zum Schluß band ihm Frankenstein noch einen Knebel um den Mund. Erst jetzt nahm Freddy das Fleischermesser von der Kehle.

Marcus versuchte zu schreien. Es ging nicht. Der Knebel saß zu fest. Man sah nur seine in panischer Angst weit aufgerissenen Augen. Er versuchte, mit den Armen zu zerren und mit den Beinen zu stoßen. Es half nichts. Die Stricke waren festgezurrt.

Frankenstein beugte sich über Marcus. Seine Stimme klang unmenschlich dumpf unter der Maske. »Du kleine geile Sau hältst dich wohl für ganz schlau?«

Marcus schüttelte den Kopf.

Frankenstein: »Du wirst deinen Schwanz nie mehr in irgendwelche Frauen stecken, wo er nicht hingehört!«

Marcus nickte in panischer Angst. Was seine Angst verstärkte, war die Tatsache, daß Freddy Krüger danebenstand und mit einem großen Wetzstahl, wie ihn Metzger benutzen, das ohnehin messerscharfe Metzgermesser noch schärfer wetzte.

»Und du wirst aus Mainz verschwinden!«

Marcus nickte, wie er noch nie in seinem Leben genickt hatte.

»Und jetzt gibst du uns die Videos!«

Gleichzeitig löste Frankenstein den Knebel und Freddy hielt das Messer wieder an die Kehle.

Marcus holte gurgelnd Luft: »Ich hab die Videos nicht mehr. Sie sind mir gestohlen worden. Ich ... uurrgghh ...«

Frankenstein zog ihm wieder den Knebel zu.

Jetzt kam Freddy. Er ließ die Messerspitze langsam und dann immer schneller vor Grünbauers Stupsnase hin und her tanzen. Grünbauers Pupillen flitzten, dem Messer folgend, aufgeregt hin und her. Freddy steckte die Messerspitze in Grünbauers linkes Nasenloch. Seine Pupillen starrten auf die Nasenspitze.

»Soll isch em die Kubberdutt abschneide?« fragte er.

Marcus versuchte den Kopf nach hinten zu nehmen. Es ging nicht, er war gefesselt.

Freddy ließ die rasiermesserscharfe Messerspitze über die Wange seines Opfers gleiten.

»Soll isch em die Fratz in Schtreife schneide?« fragte er Frankenstein.

Frankenstein sagte nichts.

Der Stahl glitt nach unten und umkreiste Grünbauers Brustwarze.

»Soll isch em die Nibbel abschneide?«

Frankenstein schüttelte den Kopf und lockerte den Knebel.

»Urggh. Die Videos ... sind mir gestohlen worden. Ich war weg. Ich war übers Wochenende in Köln ... aargh ... Als ich am Montag wiederkam, war die Tür aufgebrochen und die Videos waren weg!«

»Die Sau lüscht«, grunzte Freddy hinter der Maske.

Frankenstein zog den Knebel zu.

Das Messer schnibbelte zwei Brusthaare ab und wanderte Richtung Waschbrettbauch.

»Soll isch em die Därm rausrobbe?« fragte Freddy erwartungsfroh.

Frankenstein lockerte den Knebel.

»... uärgh. Ich war weg. Ich ... ich war am Wochenende in Köln ...«

Der Inquisitor stellte eine Frage: »Mit wem warst du in Köln?«

»Mit der Fiesebrecht! Die könnt ihr fragen.«

»Haste schää gefeilt, he?« fragte Freddy heimtückisch, aber Frankenstein zog wieder den Knebel zu.

Das Messer wanderte zu Grünbauers Lenden. Mit einem hauchzarten Schnipp befreite er das auch in nichterigiertem Zustand mächtige Geschlechtsteil von dem aufreizend geschnittenen Slip. Grünbauers Augen weiteten sich vor Entsetzen.

Freddy zog mit behandschuhtem Daumen und Zeigefinger die Hodenbehaarung hoch und setzte das Messer an Grünbauers Eier.

»Soll isch em die Eier abschneide?«

Frankenstein lockerte den Knebel.

Grünbauers Stimme war nicht mehr menschlich. Es war die Stimme einer gequälten Kreatur. Er krächzte verzweifelt, brüllte, heulte. »Ich hab die Videos nicht! Ich hab sie nicht! Ich weiß nicht, wer sie hat!«

Frankenstein zog den Knebel fest.

Freddy nahm Grünbauers Penis in die linke Faust, zog ihn hoch und setzte das Messer an die Peniswurzel. Er schnaufte sadistisch unter der Maske.

»Soll isch em de Bibbes abschneide unn ins Maul schtekke?«

Das war zuviel. Zorro, der die ganze Zeit tatenlos danebengestanden hatte, rannte ins Bad. Er mußte kotzen. Zorro konnte kein Blut sehen.

Freddy hielt immer noch den Penis hoch und das Messer dran.

Frankenstein lockerte den Knebel.

Marcus: »Uhrrghüa ... arrgh ... ich ...«

Frankenstein: »Du wirst alle Bumstermine absagen und du wirst deine verdammte Firma zumachen und du wirst aus Mainz verschwinden. Ist das klar?«

Marcus konnte nicht mehr sprechen. Erst als Freddy ruckartig am Pimmel zog, war er in der Lage zustimmende Gurgellaute von sich zu geben.

Zorro traute sich wieder aus dem Bad heraus.

Als sie schon gehen wollten, brüllte Freddy zu Zorro: »Die Scheißkamera! Du Hutsimbel hast vor lauder Kotze die Kamera vergesse!«

Wie die Berserker rasten sie über den tausend Tode gestorbenen Grünbauer. Frankenstein riß den Wandschrank auf. Zu dritt rissen sie den Film heraus und zerstörten Grünbauers Filmstudio. Dann gingen sie.

Marcus blieb allein zurück. Gefesselt, geknebelt – aber lebend, ohne Kratzer.

Grieser alias Zorro war immer noch blaß.

»Und du hättst ihm wirklisch den Penis abgeschnitten?«

Fleischwursttoni alias Freddy Krüger zuckte mit den Achseln. »Warum dann nit? Ich schlacht ja aach Wutze.«

Brezelmüller alias Frankenstein fand ein Abschlußwort: »Dem ist jedenfalls die Mauserei vorerst vergangen.«

Fleischwursttoni schlug Grieser auf die schmalen Schultern. Er konnte zwar Grieser, dieses langweilige Trockenbrötchen, nicht ausstehen, und er war auch generell der Meinung, daß Grieser »zu bleed is, um e Loch in de Schnee zu pinkele«. Darüber hinaus war Toni der speziellen Meinung, daß man Grieser nur zwei Sekunden ansehen müsse, um zu verstehen, warum dessen Frau fremdging. Aber er fand, daß er übertrieb. Grieser ließ sich hängen. Unrasiert, übernächtigt und mit traurigem Hundeblick hing er da. Er wußte nicht, wie er seine Frau zur Rede stellen sollte.

»Na unn, was solls? Nimmste de dir halt irgend so e blond Schnecksche vun de junge Union unn bringst er e bißje Bolidik bei. Hähä!«

Grieser konnte darüber nicht lachen.

Brezelmüller ließ die beiden allein und fuhr los. Die Masken und das Messer warf er unterwegs in eine Mülltonne. Nachdem er Grünbauer erfolgreich aufgemischt hatte, war jetzt genau der richtige Moment, um sich mit seiner Nochehefrau zu treffen. Sie hatte ihm von der Hauptpost ein Fax geschickt, daß sie ihn um 12 Uhr treffen wolle. Im Grunde ging es nur um einen Unterschriftenaustausch. Sabine Müller hatte als Treffpunkt ein billiges Omacafé gewählt, weil sie sich nicht sicher war, ob ihr Mann nicht doch einen cholerischen Anfall bekommen würde, wenn sie sich trafen. Also besser in der Öffentlichkeit. Wie immer, wenn er Termine hatte, parkte er absolut kriminell und kam trotzdem zu spät. Sie saß allein an einem Tisch in der Ecke. HaPe verkniff sich mit ungeheurer Überwindung die Frage, ob ihr Stecher besser ficke als er.

Sabine Müller: »HaPe! Erspar dir meine Antwort auf deine Frage, ob er im Bett besser ist als du. Darum gehts auch gar nicht.«

Das saß. Brezelmüller spürte, wie Eifersucht und Wut in ihm hochkrochen. Sie tauschten die Schriftstücke ihrer Anwälte aus und unterschrieben. Er steckte den Wisch in die Tasche. Sie wollte wirklich kein Geld.

Brezelmüller: »Aber eins sag ich dir. Denk bloß nicht, daß du zu mir zurückkommen kannst, wenn dir dein Stecher den Laufpaß gibt.«

Sabine Müller sah ihn mit großen, verliebten Augen an und sagte: »HaPe, spar dir die Sprüche. Wir lieben uns.«

»Sooo«, sagte Brezelmüller gedehnt. Er zog ein paar Fotos aus der Tasche und warf sie auf den Tisch.

»Ich bin ja auch nicht blöd. Ich habe einen Detektiv beauftragt. Das hier ist der Terminkalender von deinem treuen Romeo, und das sind deine lieben Freundinnen, die ihn im Appartement im Hochhaus besuchen. Frau Grieser, die Frau vom Anwalt usw. Und der diskrete Herr Grünbauer filmt euch übrigens alle, wenn ihr mit ihm rammelt. Davon gibt es Videos. Kann dir davon Kopien geben. Grünbauer fickt euch, filmt euch und nimmt euer Geld.«

Sabine Müller starrte ihn mit großen, ungläubigen Augen an. Dann starrte sie auf die Fotos und bekam feuchte Augen. Schließlich brach sie weinend am Tisch zusammen.

»Viel Glück, Sabine«, sagte er und ging.

Peinlich berührt starrten die Gäste auf die weinende Frau.

»Zwei zu Null für Brezelmüller«, frohlockte Brezelmüller grimmig und rief aus dem Auto den Anwalt an. »Grünbauer ist die

Fickerei vergangen und Sabine hat unterschrieben«, triumphierte er.

»Und wir werden erpresst«, sagte der Anwalt.

»Scheiße«, stellte Brezelmüller fest.

Brezelmüller verabredete sich mit dem Anwalt zum Treffen bei sich zu Hause. HaPe, noch immer triumphierend, dachte nach. Wir werden erpresst, hatte der Anwalt gesagt. Wieso eigentlich wir? Ich bin von Sabine so gut wie geschieden. Wenn du arroganter Anwalt dich nicht von deiner Frau scheiden lassen kannst, weil du dich finanziell übernommen hast und deine Alte die Geldhosen anhat, dann ist das doch wohl nicht mein Problem. Du bist mit den Videos erpressbar, nicht ich. Jetzt nicht mehr. Hähä, dachte Brezelmüller, als er vor seiner Villa vorfuhr und des Anwalts besorgtes Gesicht sah.

Sie gingen ins Haus. Der Anwalt zog ein Blatt Papier aus der Tasche. Brezelmüller sah kurz drüber, schluckte. »Das ist Erpressung! Wir werden erpresst! Das ist eine gottverdammte raffinierte Sau, die uns genau da trifft, wo es wehtut.«

Und genauso war es. Der oder die Erpresser hatten ein Din-A4-Blatt mit bunten, aus Zeitungen und Zeitschriften ausgeschnittenen Buchstaben beklebt.

»Wir haben die Originalvideos. Wir haben die Aufnahmen von allen Frauen, die mit Grünbauer gebumst haben. Wir geben sie auch gerne an die betreffenden Ehemänner zurück, damit sie nicht in falsche Hände geraten.

1. Brezelmüller zahlt 20.000 DM, oder Kopien gehen an seine Freunde vom Vorstand des Fußballvereins 05 und die Vorstandskollegen vom Mainzer Karnevalsverein.

2. Der Anwalt zahlt 20.000 DM, oder Kopien gehen an seine Sportsfreunde vom Tennisclub und an alle Richter des Landgerichts Mainz.

3. Fläschworschttoni zahlt 20.000 DM, oder Kopien gehen an alle seine Filialleiter und die Vorstandskollegen von Mainz 05.

4. Der Stadtverordnete Grieser zahlt 20 TDM, oder Kopien gehen an alle lieben Fraktionskollegen von der CDU.

5. Der Vorstand der Raiffeisenbank: 20 TDM oder Kopien an alle Vorstandskollegen.

6. Dr. Fiesebrecht: 20 TDM oder Kopien an die Sports-

freunde vom Golfclub.
7. Bauamtsdezernatleiter: 20 TDM oder Kopien an alle untergeordneten Abteilungsleiter und die Fraktionskollegen von der SPD.
8. Wirtschaftsdezernatleiter: 20 TDM oder Kopien an alle untergeordneten Abteilungsleiter.
9. Dachdecker Schwarzer: 20 TDM oder Kopien an alle Gesellen.
10. Hohlblockfriedel: 20 TDM oder Kopien an alle Bauleiter.
11. Chef Jaguarvertretung: 20 TDM oder Kopien an alle Autoverkäufer.
12. Architekt Ziegelrück: 20 TDM oder Kopien an seine technischen Zeichner.
13. Chef Sportcenter Mückenwiese: 20 TDM oder Kopien an seine Mama.
14. Polizeichef: 20 TDM, oder Kopien gehen an alle untergeordneten Abteilungsleiter.
Wenn Sie das Geld zusammenhaben, schalten Sie in der MAINZER ALLGEMEINEN ZEITUNG am Freitag folgende Anzeige: »Hallo Peter. Danke für die Grüße«. Diejenigen, die nicht zahlen wollen, setzen Sie mit der entsprechenden Nummer dahinter. Als Geldboten akzeptieren wir nur den Detektiv.
Wenn Nr. 1 nicht zahlt, wird auch das Video von Nr. 2 veröffentlicht und umgekehrt. Wenn Nr. 3 nicht zahlt, wird auch Video von Nr. 4 veröffentlicht und umgekehrt. Und so weiter bis Nr. 14.
Einschalten der Polizei bzw. Scheitern der Geldübergabe hat sofortiges Verbreiten aller Videos zur Folge.«

Brezelmüller holte zwei Cognac und warf sich eine Bluthochdrucktablette ein. Er riß sich die Krawatte vom Kragen und knallte sie in die Ecke. Brezelmüller schwitzte vor Wut.

»Wer kann das sein?« fragte er dumpf.

»Grünbauer?« rätselte der Anwalt.

»Ausgeschlossen«, knurrte Brezelmüller. Er hatte die Todesangst in Grünbauers Gesicht gesehen. Der Gärtner konnte es nicht sein. Außerdem hatte er anhand von Napps Unterlagen das System Grünbauer betriebswirtschaftlich geprüft.

Der Mann konnte gar nicht so blöd sein, daß er die Kuh schlachten wollte, die er melken konnte.

»Der Detektiv«, mutmaßte Brezelmüller.

»Karl Napp ist erstens ein Idiot«, widersprach der Anwalt. »und zweitens besitzt er ein Zwölffamilienhaus, dessen Hypotheken schon seit 1950 bezahlt sind, er hat also Geld. Drittens ist noch nicht einmal Karl Napp so dumm, daß er sich absichtlich derart in die Scheiße hineinreitet, wie er sich hineingeritten hat. Der Erpresser weiß so viele Details, daß er aus unseren Kreisen kommen muß!«

»Wer kann das sein?« grübelte Brezelmüller. Er dachte an die vielen Menschen, denen er im Laufe seines Geschäftslebens unangenehm auf die Füße getreten war. Es waren so viele, daß er aufhörte, darüber nachzudenken.

Der Anwalt sank in sich zusammen. Seine ganze arrogante Selbstsicherheit war wie weggeblasen, seit er wußte, daß ihn seine Frau betrog. Und jetzt stellte er sich vor, wie er auf dem Tennisplatz einem feist grinsenden Gegenüber begegnen sollte. Und er stellte sich bei Gericht den süffisant grinsenden Richter vor. Womöglich bei einer Scheidungsangelegenheit. Und natürlich den gegnerischen Anwalt. Es gibt keine größeren und gehässigeren Tratschweiber als Juristen. Das Video würde blitzschnell in Mainz die Runde machen.

Brezelmüller riß ihn aus den trüben Gedanken: »Vielleicht blufft der Erpresser nur?«

»Wie meinst du das?«

»Wir könnten ja probeweise einen Minenhund vorschicken und zum Beispiel in der Anzeige schreiben, daß einer von uns nicht zahlen will.«

Anwalt: »Wen meinst du?«

Brezelmüller: »Nummer 4 zum Beispiel.«

Der Anwalt schüttelte den Kopf. »Willst du das Risiko eingehen? Ich nicht!«

Brezelmüllers Hals wurde dick. Er konnte sich ungeheuer gut vorstellen, was passieren würde, wenn seine Vorstandskollegen vom Fassenachtsverein das Video in die Hände bekämen. Das gäbe – nach unten todsicher weitergeleitet – sensationelle Büttenreden auf seine Kosten. Er stellte sich vor, wie er am Rosenmontagszug auf dem Motivwagen stand und ihm unterwegs tausende Menschen zujubeln würden und schreien: »Helau Brezelmüller! Wo haste dann des groß Geweih her?«

Noch schlimmer die Kappenfahrt. Am Fastnachtsdienstag, ohne die ganzen zugereisten Touristen, gibt es einen Insiderzug, bei dem nur die Fastnachtsfunktionäre durch die Stadt fahren und die letzten Bonbons unters Volk werfen. Das wäre ein Spießrutenlauf ohnegleichen. »Brezelmüller! Was schmeißt de dann als mit alde Kamelle? Haste dann nit e paar Videos fer uns?« Und beim Fußballverein Mainz 05 wäre das Video Wasser auf die Mühlen seiner vereinsinternen Gegner. Er wußte genau, daß sie das Video weiterverbreiten und die Fans mobilisieren würden. Beim Spiel würde er wie üblich auf der Ehrentribüne sitzen und gegenüber im Fanblock 1.000 Mann mit dem Finger auf ihn zeigen. Ein bezahlter Schreihals würde den Vorsänger machen: »Wer is unser Pornoknüller?« Und ein tausendstimmiger Chor würde brüllen: »Des is die Fraa vum Brezelmüller!« Und 11.000 Menschen im Stadion würden belustigt zuhören und nach der dritten Wiederholung mitgrölen. Alles, aber das nicht!

»Ich zahle«, sagte Brezelmüller.

»Ich auch«, sagte der Anwalt.

Sie gingen zusammen die Liste durch. Es gab keinen Grund, warum irgendeiner nicht zahlen sollte. Außer einem. Der Polizeipräsident war ein solcher Korinthenkacker und Paragraphenreiter, daß ihm HaPe zutraute, seine Prinzipien über seinen Ruf zu stellen. Den Polizeichef übernahm der Anwalt. Erstens war der ein Mandant von ihm und zweitens kannte er ihn recht gut vom gemeinsamen Tennisspielen.

»Hast du ein paar alte Zeitschriften?«

Brezelmüller gab ihm einen Stapel alter Fernsehzeitschriften. Mit Akribie schnitt der Jurist einzelne bunte Buchstaben aus. Netterweise hatte der Erpresser zwischen Punkt 14 und dem Schlußabsatz etwas Platz gelassen. Den Buchstabensalat zu Wörtern zusammenfügend, fuhr der Anwalt schweres Geschütz auf. Jetzt stand da:

> *»14. Polizeichef: 20 TDM, oder Kopien gehen an alle untergeordneten Abteilungsleiter, die Sportsfreunde vom Tennisclub und die Schulleitung vom Internat.«*

»Und du meinst, das hilft?«

»Ich hoffe«, sagte der Anwalt. »Bei mir hilfts ja auch. Außerdem ist er eitel. Und seine beiden Kinder sind so rotzdumm, daß sie – wenn überhaupt – das Abitur nur in diesem sauteuren Internat speziell für verblödete Millionärskinder schaffen.«

Brezelmüller übernahm das Kommando: »Ich trommel die Handkäsmafia zusammen, und du fährst zum Polizeichef.«

Der Anwalt fuhr zerknittert zur Polizei. Irgendwie begannen die Dinge in seinem Leben schiefzulaufen. Er hatte clever geheiratet und führte eine namhafte Kanzlei. Dann hatte er sehr viel Geld in irgendwelche Ostimmobilien investiert, die sich – mangels Aufschwung Ost – zu einem satten Verlustgeschäft summierten. Dann betrog ihn seine Frau und er wurde erpresst. Jetzt fälschte er einen Erpresserbrief und mußte ausgerechnet den korrektesten Polizeichef Deutschlands davon überzeugen, daß er Fünfe gerade sein lassen sollte. Er mußte verhindern, daß Karl Napps besoffene Nachtfahrt an die große Glocke gehängt wurde. Käme es zum Prozeß, wäre dieser Idiot von Detektiv in der Lage, die Sache mit den Videos auszuplaudern. Und das war genau das, was der Anwalt und HaPe verhindern wollten.

Dr. Kurat – im internen Polizeijargon auch »Mister Akkurat« genannt – war ein für diesen Posten relativ junger Mann. Nach Mainz paßte er ungefähr so gut, wie ein vegetarischer Abstinenzler ins Hofbräuhaus. Und genau deshalb hatte er auch diesen Posten. Kurat trank niemals Alkohol, aß vegetarisch, joggte viel, spielte Tennis und belegte immer den ersten Platz beim Polizeisportfest. Er sprach akkurates Hochdeutsch, weil er aus Braunschweig kam. Schon die Art, in der auf seinem Schreibtisch der Bleistift neben dem Kugelschreiber in Position lag, verhieß, daß Mister Akkurat Polizeibeamte wie sie Napp oder Dickmilch verkörperten auf den Tod nicht ausstehen konnte.

»Hallo, Karl-Heinz«, sagte der Anwalt. »Ich komme mit einer privaten Bitte in einer dienstlichen Angelegenheit.«

Polizeichef: »Du weißt, daß ich Dienst und Privates absolut trenne. Ich verlange auch von meinen Beamten, daß sie keine Kungeleien veranstalten.«

»Ich weiß«, sagte der Anwalt.

»Ich vertrete die beiden ehemaligen Polizisten, die Sonntagnacht in der Ausnüchterungszelle waren. Karl Napp ist Privatdetektiv. Im Auftrag meines Mandanten, Hans-Peter Müller, sollte er dessen Ehefrau der Untreue überführen. Dabei hat Napp festgestellt, daß Frau Müller ihren Mann mit demselben Mann betrügt, der auch ein Verhältnis mit meiner Frau hat. Und darüber gibt es Videos. Wir haben die Kopien. Aber die Originale sind Sonntagnacht verschwunden. Sie wurden dem Detektiv abgenommen. Dabei gab es eine Schießerei. Und den besoffenen Detektiv samt seinem schießenden Kumpel haben deine Streifenpolizisten einkassiert.«

Der Polizeichef hörte zu und meinte: »Gut. Aber was habe ich damit zu tun?«

»Deine Frau betrügt dich auch mit deinem Gärtner. Derselbe, der ein Verhältnis mit meiner und mit Müllers Frau hat.« Der Anwalt gab dem Polizeichef das Video.

»Das glaube ich nicht«, widersprach Dr. Akkurat.

»Ich habs auch nicht geglaubt«, sagte der Anwalt traurig.

Akkurat rutschte unruhig auf dem Sessel hin und her. Er versuchte, die Fassung zu wahren. Seine brettsteife Bürokratenehre verbot ihm emotionale Ausbrüche. Das schaffte er auch, bis ihm der Anwalt den Erpresserbrief vorlegte. Akkurat starrte auf den Brief.

Anwalt: »Wenn wir nicht zahlen, gibt das ein Riesengerede. Du bist in einer Führungsposition. Deine Beamten würden sich hinter deinem Rücken kaputtlachen. Und bei mir ist es dasselbe. Bei jedem Plädoyer würden sich Richter und Anwaltskollegen schieflachen. Ganz abgesehen von dem Gelächter im Tennisclub.«

Akkurat zuckte zusammen. Selbstironie war ohnehin nicht seine Stärke. Das Schlimmste, was er sich vorstellen konnte, war Autoritätsverlust gegenüber seinen Untergebenen. Das Zweitschlimmste, Autoritätsverlust im Privatleben, z. B. im Tennisclub. Das Drittschlimmste, Autoritätsverlust im Gesellschaftsleben. Dazu gehörte die Schirmherrschaft – gemeinsam mit seiner Gattin – für die Kinderkrebsstation. Oder Naserümpfen der Schulleitung eines feinen Schweizer Internats.

»Und alle anderen zahlen auch?« fragte er.

»Alle«, log der Anwalt überzeugend. Er nahm es jedenfalls an. Wissen konnte er es nicht.

»Dieser Grünbauer wird die Stadt verlassen, darum hat sich Brezelmüller gekümmert. Bleibt noch der Detektiv. Wenn er zu angemessener Strafe verdonnert wird, verplappert er sich bestimmt. Das können wir uns ersparen, indem er eben nicht bestraft wird.«

Der Polizeichef sah den Juristen scharf an.

»Du weißt, was das heißt? Das ist mindestens Strafvereitelung im Amt!«

»Weiß ich«, sagte der Anwalt. »Aber nur so können wir das Problem aus der Welt schaffen. Und ich sorge dafür, daß die anderen gehörnten Ehemänner nicht erfahren, daß deine Frau dazugehört und du auch erpresst wirst. Und Napp wird die Schnauze halten, wenn du ihn laufen läßt.«

Akkurat grübelte. Man sah, wie er mit sich rang. Die Sorge um seinen guten Ruf kämpfte mit seiner Dienstauffassung. Der Anwalt schwitzte. Hab ich ihn falsch angesprochen?

»Gut«, sagte Dr. Akkurat.

Uff, dachte der Anwalt erleichtert und machte sich vom Acker. Der Oberpolizist suchte einen Raum mit Videorecorder. Dort schloß er sich ein. Als er herauskam, war er leichenblaß im Gesicht.

Karl Napp rannte in der Wohnung hin und her. Nach mittlerweile zwei schlaflosen Nächten war er fix und fertig. Er hatte Herzschmerzen und war mit den Nerven am Ende.

»Jetzt langts! Isch geh uff die Kasteler Bolizei, mach e Anzeisch gesche Unbekannt unn pack aus. Isch sach alles. Alles. Isch sach dene Bulle ganz genau wies war. Daß de Grünbauer mit alle Weiber berscht unn isch de Kopp hinhalle soll, damit die Herrn vun de Hottwollee nit wie die gehörnde Ochse daschtehe. Unn uff misch werd geschosse! Unn daß de Grünbauer mit de Fra vum Bolizeischeff kachelt, des sach isch ach! Jawoll! Am beste mach isch des gleisch, bevor de Killer daherkimmt unn noch emol schießt. Des mach isch«, tobte er durch die Wohnung.

Das Telefon klingelte. Karl zuckte zusammen. Erna nahm den Hörer ab, sagte ja und legte auf.

»Ach Godd, Kall. Des war de Binger Hansi. Du sollst sofort zum Bolizeischeff komme. De Herbert wär aach schunn unnerwegs.«

Binger Hansi empfing sie und geleitete sie zum Büro des Chefs. Merkwürdig war, daß Hansi keine Fragen stellte.

»Alle Achtung. Des hab isch nit gewußt, daß ihr in geheimer Mission unnerwegs ward.«

Karl und Herbert sahen sich fragend an.

Hansi: » Sacht mer nix. Ihr derft mer ja aach nix sache.«

Dummbabbeler, dachte Karl. Er hatte im Moment andere Sorgen als Hansis Geschwätz.

Sie betraten das Büro und schlossen die Tür.

»Gun Dach, Scheff«, sagte Karl vorsichtig.

»Herr Napp, Herr Dickmilch«, begrüßte sie der Chef.

»Ich will es kurz machen. Gegen Sie liegen vor: zwei Anzeigen wegen Beleidigung, eine Anzeige wegen Beleidigung in Verbindung mit Bedrohung und Nötigung. Gefährlicher Eingriff in die Straßenverkehrsordnung. Beschädigung öffentlicher Anlagen. Erregung öffentlichen Ärgernisses. Trunkenheit am Steuer. Fahren ohne Führerschein. Besitz einer nicht angemeldeten, scharfen Kriegswaffe ohne gültigen Waffenschein, gefährlicher Schußwaffengebrauch mit ebenderselben. In Kastel, am Pfeiler der Theodor-Heuss-Brücke, haben hessische Kollegen Hülsen gefunden, die aus Ihrem Gewehr stammen. Ebenso Patronenhülsen, die genau zu jenem Geschoß gehören, das in Ihrem zerschossenen Auto gefunden wurde, Herr Dickmilch. Ich muß daraus schließen, daß Sie beide Sonntagnacht in eine Schießerei verwickelt waren.«

Karl und Herbert sagten vorsichtshalber nichts.

»Das bedeutet für Sie, Herr Napp: Führerscheinentzug, Entzug der Lizenz als Privatdetektiv und die entsprechenden Verfahren wegen dem Rest. Und Sie, Herr Dickmilch, können mit bis zu zwei Jahren auf Bewährung samt saftiger Geldstrafe bestraft werden. Erschwerend kommt hinzu, daß Sie ehemalige Polizeibeamte sind. Für Richter ist das ein gefundenes Fressen.«

Er machte eine Kunstpause. Das wirkte. Karl und Herbert versanken stehend im Teppich.

»Das wird natürlich in die Presse kommen und ein schlechtes Licht auf die Polizei werfen.«

Bleedes Arschloch, dachte Karl kleinlaut. Der gleiche dumme Spruch wie damals, als er den Streifenwagen in den Graben gesetzt hatte.

»Vorhin war Ihr Anwalt hier und hat mir erklärt, was Sonntagnacht vorgefallen ist. Er hat mir auch die Kopie gegeben, auf der meine Frau zu sehen ist. Dazu muß ich Ihnen sagen, daß meine Ehe seit Jahren nur noch auf dem Papier besteht und wir privat getrennte Wege gehen.«

Das war zwar gelogen, kam aber wirkungsvoll an. Es war glaubwürdig gelogen.

»Trotzdem möchte ich natürlich nicht, daß meine Frau in irgendeiner Weise in den Dreck gezogen wird. Insofern bin ich Ihnen dankbar, daß wenigstens diese Kopie jetzt in meinen Händen ist. Deshalb bin ich auch in Ihrem Interesse bereit, mein Möglichstes zu tun, um der Polizei schlechte Presse zu ersparen. Das heißt, daß der Vorfall von Sonntagnacht nicht an die zuständige Staatsanwaltschaft weitergeleitet wird. Sie beide waren nicht in diesem Auto. Das Auto ist Ihnen gestohlen worden. Wahrscheinlich von jugendlichen Randalierern. Hier ist die Diebstahlanzeige, datiert auf gestern. Unterschreiben Sie.«

Verdattert unterschrieb Herbert die Diebstahlmeldung.

»Was ich Ihnen natürlich nicht ersparen kann, Herr Napp, sind die Anzeigen wegen Beleidigung und Nötigung. Darum muß sich Ihr Anwalt kümmern. Ansonsten erwarte ich von Ihnen absolutes Stillschweigen über diesen Vorfall und die Existenz irgendwelcher Videos, die mit dem Privatleben meiner Frau in irgendeiner Verbindung stehen könnten.«

»Alles klar, Scheff«, parierte Karl. Er war glücklich.

»Alles rodscher. Uff uns kenne Sie sich verlasse«, meldete Oberwachtmeister a. D. Herbert Dickmilch.

»Und dann läßt Ihnen Ihr Anwalt ausrichten, daß Sie sich bitte bei Herrn Müller melden möchten.«

Nachdem sie draußen waren, ließ Dr. Akkurat zwei Polizisten antreten. Den Mann und die Frau, welche die Detektive festgenommen hatten.

»Das haben Sie sehr gut gemacht, Sonntagnacht. Allerdings muß ich Sie um absolutes Stillschweigen über den Fall ersuchen. Diese Festnahme hat es nie gegeben.«

Aha, dachte die Frau. Ehemalige Polizisten dürfen besoffen und schießend durch die Gegend fahren, weil es ehemalige Kollegen sind.

»Ich darf Ihnen nicht viel dazu sagen, man hat mir selbst nur das Nötigste dargelegt. Vorhin war ein Kollege aus Wiesbaden hier. Die beiden ehemaligen Kollegen arbeiten als verdeckte Ermittler fürs BKA. Es geht um Zwangsprostitution und Waffenhandel im Rhein-Main-Gebiet. Mafia aus dem ehemaligen Jugoslawien. Es gibt den Verdacht, daß es hier in der Polizei eine undichte Stelle gibt, die Kontakte zur Mafia hat. Das sollten die beiden herausfinden. Dazu sind sie als ehemalige Polizisten prädestiniert.«

Jetzt erinnerte sich der Polizist wieder an Karls Büttenrede. Er hatte einen jugoslawischen Mafiosi gespielt, der hier fröhlich die tollsten Straftaten begeht, derweil die Polizei hilflos danebensteht, mit vom Gesetz gebundenen Händen. Alle Achtung, dachte er.

»In Kastel gibt es ein illegales Bordell, das auch als Spielhölle dient. Dort hatten Mitglieder der Mafia eine Orgie gefeiert. Dabei muß die Tarnung aufgeflogen sein. Jedenfalls gab es eine Schießerei, die beiden konnten mit knapper Not fliehen und den Rest kennen Sie ja.«

Draußen dachten die beiden braven Streifenpolizisten ehrfürchtig über des Meisters Erläuterungen nach.

»Verdeggte Ermiddler«, sagte die Polizistin, »hab isch mer irschendwie annersder vorgeschtellt.«

Polizist: »Wahrschoinds iss dess genau de Trick. Die siehn äfach nit aus wie verdeggte Ermiddler.«

Drinnen faßte der Chef einen unwiderruflichen Entschluß: »Ich lasse mich scheiden.«

Brezelmüller empfing sie in Kastel mit Handschlag. Er war die dankbare Freundlichkeit in Person, schob sie ins Wohnzimmer und gab ihnen zu trinken. Als sie vom Entgegenkommen des Polizeichefs erzählten, gab er sich großzügig.

»Herr Napp. Die Anwaltskosten wegen den Anzeigen übernehme ich natürlich. Ebenso bezahle ich die Reparatur des Autos, Herr Dickmilch, falls die Versicherung Mucken macht. Nochmals danke für die hervorragende Arbeit, die Sie geleistet haben.«

»Gut«, sagte Karl. »Dann wär des jo erledischt.«

»Nicht ganz«, erläuterte Brezelmüller. »Ich werde nämlich erpreßt mit den Originalvideos, und der Erpresser will Sie als Geldboten.«

»Is nit zu fasse«, behauptete Herbert.

»Wie sah der Mann aus, der auf Sie geschossen hat?«

Herbert zuckte mit den Achseln. »Es war jo dungel unn er hat e Schtrump uffm Kopp gehabt.«

»Unn gebabbelt hat er nix. Gar nix«, erläuterte Karl.

»Und von der Statur her? Könnte es Grünbauer gewesen sein?«

»Uff gar kän Fall. Es war so e kräftischer Kerl. Ziemlicher Ochs. Eher so wie Sie!«

Brezelmüller blieb trotzdem höflich. »Na ja. Machen Sie sich jedenfalls keine Gedanken, daß er auf Sie geschossen hat. Der wollte gar nicht treffen. Der wollte bloß, daß Sie besoffen durch die Stadt fahren und von der Polizei geschnappt werden.«

»Wass?« krähte Karl wütend. »Der wollt uns ferdisch mache!«

»Das ist eine ganz raffinierte Sau«, erläuterte Brezelmüller. »Der muß Sie beobachtet haben, wie Sie Grünbauer beschattet haben. Dann hat er einfach gewartet, bis Sie die Videos stahlen. Somit konnte er sicher sein, daß Sie Kopien haben, die Sie als Beweise an mich geben. Damit ich weiß, wie gefährlich diese Videos sind. Und als Sie die Videos zurückbrachten, hat er diesen Zirkus veranstaltet, damit wir wissen, daß jemand die Videos hat. Und dieser jemand erpreßt uns jetzt. So kann er sicher sein, daß wir ihn ernst nehmen.«

Karl versuchte, Brezelmüllers Theorie zu folgen. »Wer is dann wir? Wer werd dann alles erpreßt?«

»Ich und einige andere Ehemänner«, sagte Brezelmüller. »Und Sie, Herr Napp, sollen das Geld übergeben. Dafür zahle ich Ihnen eine Extrazulage. Und dann noch einmal Schweigegeld, damit Sie niemand von der Erpressung und den Videos erzählen. Und ich werde Sie als Detektiv weiterempfehlen. Bis zur Geldübergabe bekommen Sie Ihren üblichen Tagessatz.«

Als sie das Haus verlassen hatten, wurde HaPe einiges klarer. Der Detektiv war ein Hutsimpel. Als tölpelhafter Geldbote mußte dieser Mann geradezu der Traum jedes Erpressers sein.

»Isch glaab jetzt langsam gar nix mehr«, sagte Herbert im Auto. »Den ganze Zinnober nur, damit de Brezelmüller sieht, daß mit dem Erpresser nit zu schpaße is?«

Karl hatte die senkrechte Denkfalte in der Stirn. Er schwitzte. »Unn weeßte, was isch glaab?«

»He?«

»Daß de Brezelmüller der Erpresser is!«

Karl erläuterte: »De Brezelmüller hat vom Anwalt erfahrn, daß mir den Grünbauer überwache. Dann hat de Brezelmüller uns überwacht. De Killer war en kräfdische Dicke. De Brezelmiller iss en kräfdische Dicke. De Brezelmüller schreibt en Erpresserbrief an sich unn an de Rest. Entweder sie zahle – dann kassiert er des ganze Geld –, odder sie zahle nit – dann schickt er die Videos los, unn die ganz Schtadt lacht über die gehörnde Ochse.«

»Des is ja e digger Hund«, staunte Herbert mit offenem Mund.

Der Anwalt atmete durch, nachdem er die Sache mit dem Polizeichef erledigt hatte. Dann raste er zurück in die Kanzlei. Die ganze Arbeit blieb liegen. Sicher war nur eines. Der Erpresser war ein ganz raffinierter Hund. Er brachte die gesamte Handkäsmafia in Zugzwang. Nirgendwo ein Ansatzpunkt. HaPe mußte für heute abend alle zusammentrommeln und sie davon überzeugen, daß sie zahlen müßten. Pervers war die Kollektivhaftung. Wenn einer nicht zahlte, mußte sich auch ein anderer den Ruf ruinieren lassen. Und es mußte schnell gehen. Allerspätestens Donnerstag war Anzeigenschluß für Freitag. Und dann konnte der Erpresser die Bedingungen samt Zeitpunkt der Geldübergabe diktieren. Zu verhandeln und irgendwie hinzuhalten gab es da gar nichts.

Abermals grübelte der Anwalt darüber nach, wer der Unbekannte sein konnte. Es mußte jemand aus dem inneren Kreis der Handkäsmafia sein. Das war sicher. Aber wer?

Er legte die Akten weg. Auf irgend etwas anderes als die Erpressung konnte er sich ohnehin nicht konzentrieren. Warum soll eigentlich nur ich schlaflose Nächte haben, dachte er wütend und rief seine Frau an: »Hallo Schatz.«

»Hallo Liebling«, flötete die Schlange an seinem Busen.

Anwalt: »Schatz, ich komme heute spät nach Hause. Stell dir vor: Sabine betrügt HaPe mit seinem Gärtner, diesem Grünbauer, der auch unseren Garten pflegt.«

Frau Anwalt fiel aus allen Wolken. »Das hätte ich Sabine nicht zugetraut.«

»Ist aber wahr. HaPe hat einen Detektiv auf sie angesetzt. Aber das ist noch nicht alles. Dieser perverse Grünbauer hat die Rendezvous heimlich gefilmt. HaPe hat ein Video davon.«

»Nein!« staunte Frau Anwalt. »Das glaub ich ja nicht.«

»Doch«, sagte Herr Anwalt. »HaPe ist ziemlich geknickt. Ich werde ihn heute abend trösten müssen. Kann spät werden. Aber erzähls bitte nicht weiter.«

Nachdem er aufgelegt hatte, war er sicher, daß seine Frau heute nacht nicht schlafen konnte. Wenigstens etwas, dachte er.

Brezelmüller war sich seiner Aufgabe als Rudelführer bewußt. Er blieb zu Hause und trommelte, mit Telefon und Handy gleichzeitig telefonierend, die ehrenwerten Mitglieder der Handkäsmafia zusammen. Dabei sah er sich die Videos an. Alle. Von jedem. HaPe kopierte die wichtigsten und behielt sie für sich. Man konnte ja nie wissen, wofür die Dinger noch gut sein konnten. Eines war sowieso der Hammer. Frau Grieser und Frau Polizeipräsident mit Grünbauer beim flotten Dreier. Eine heiße Nummer.

Er ließ die überzähligen Videos in seinem Tresor verschwinden, wo sein Schwarzgeld lag und noch einige brisante Dinge, von denen niemand etwas wissen sollte.

Für den Abend stellte er ausgesuchte Videos für die geladenen Gäste zurecht. Die sollten sie dann mit nach Hause nehmen und gemeinsam mit ihren Gattinnen genießen. Solidarisch wie Brezelmüller sein konnte – wenn er wollte –, stellte er seine Videokassette auch dazu. Und ebenfalls die schon sattsam bekannten von Grieser und Fläschworschttoni. Es war einzig und allein seiner Autorität zu verdanken, daß er es schaffte, alle Erpreßten – außer dem Polizeichef – für heute 20 Uhr zu einem außerordinären Herrenabend mit Krisensitzungscharakter zu laden.

»Toni. Ich bins. Du mußt heute abend um 19 Uhr zu mir kommen. Wir werden mit den Videos erpreßt.«

Fläschworschttoni fiel die Frikadelle aus dem Mund, als Brezelmüller kurze Erläuterungen gab. Er war sofort auf 180. »Isch hätt dem Wichser doch die Eier abschneide solle!«

HaPe: »Es ist nicht Grünbauer.«

Fläschworschttoni tobte. Daß seine Frau fremdging, war ihm nicht ganz unrecht. Aber daß seine Filialleiter davon erfahren sollten, das war ein heimtückischer Anschlag auf seine Persönlichkeit. Unvereinbar mit seinem Ruf als erfolgreicher Beschäler aller drallbusigen Metzgereiverkäuferinnen im Stadtbereich. Immerhin war Toni stolz auf solche Geschichten wie die von dem Lehrling, der zufällig nach Feierabend in die Wurstküche kommt, weil er etwas vergessen hat, und sieht, wie sein Chef im Wurstkessel rhythmisch stöhnend mit der Verkäuferin rammelt, daß die Wurstsuppe schwallartig auf die weißen Fliesen schwappt. Und ausgerechnet Fläschworschttoni als gehörnter Ehemann? Niemals!

Grieser ging ans Handy. Seine Stimme hörte sich hohl an. Als er von der Erpressung hörte, brach er völlig zusammen. Er fing an zu schluchzen.

»Kann isch auch früher als um zwanzisch Uhr kommen?« Anscheinend fühlte er sich zu Hause nicht mehr wohl.

»Von mir aus«, knurrte HaPe. »19 Uhr 30.« Und telefonierte sich weiter die Finger wund.

Um 17 Uhr kam der Anwalt. Mit geschickten Fingern löste er auf dem Erpresserbrief alle Buchstaben der Nr. 14 vom Blatt. Dabei fragte er sich, ob es sich um Betrug oder Urkundenfälschung handelt, wenn man einen Erpresserbrief fälscht.

Jedenfalls sollte niemand wissen, daß auch der Polizeichef erpreßt wurde. Dann machte er Kopien der gesäuberten Fassung für jeden Erpreßten. Konnten sie mit nach Hause nehmen und ihren Frauen zeigen. Schließlich räumten sie Brezelmüllers Wohnzimmer aus. Sie suchten 13 Sitzgelegenheiten zusammen, bauten die Videos auf dem Couchtisch auf und stellten den Videorecorder diskret in einen Nebenraum. Wer wollte, konnte sich dort ungestört seinen persönlichen Film ansehen. Damit er auch wußte, womit er erpreßt wurde, und nebenbei etwas über die sexuellen Vorlieben seiner Frau erfuhr.

»Was für eine Scheiße«, fluchte Brezelmüller.

»Diese Scheiße ist für den Erpresser 280.000 DM wert«, stimmte der Jurist zu.

Marcus Grünbauer ging viele endlose und quälende Stunden durch die Hölle. Das heißt, er wäre gerne gegangen, konnte aber nicht. Er lag gefesselt und geknebelt in der eigenen Scheiße. Sein Schließmuskel hatte vor Todesangst versagt. Nachmittags mußte er auch noch pinkeln. Er heulte vor Angst und Verzweiflung. Gefesselt und geknebelt in einer anonymen Hochhauswohnung. Es konnte Wochen dauern, bis der Hausmeister, durch den Leichengestank alarmiert, die Wohnungstür aufschließen würde. Drei Tage, schätzte Marcus, würde es bei dieser Hitze dauern, bis er verdurstet war. Endlose Stunden lang zog er den Strick an der rechten Hand stramm und wetzte ihn über die Bettkante. Es dauerte elf Stunden. Schließlich, um 21 Uhr, konnte er den durchgescheuerten Strick zerreißen.

Grünbauer stürzte in die Küche. Trinken. Dann unter die Dusche. Er zog sich an und verließ fluchtartig das Hochhaus. Hinter jeder Ecke vermutete er Frankenstein oder Freddy Krüger. Er sah sie überall vor seinen Augen. Spürte das Messer am Penis. Mit wehender Mähne raste er nach Kastel. Vorsichtig lauschte er an der Bruchbude, ob jemand drin war. Mit einer Axt aus dem Werkzeugverschlag betrat er Büro und Wohnung. Er hatte Angst. Panische Angst. Es gab eigentlich nur einen, dem er zutraute, daß er ihn schützen könnte. Stany. Marcus wußte wenig von Stanys Vorleben, außer, daß es nicht immer ganz glatt gelaufen war. Er hatte mal zwei, drei Jahre gesessen. Und Marcus hatte einmal erlebt, wie

Stany an einer Imbißbude drei Rabauken umgehauen hatte, die ihn angerempelt hatten.

Stany ging nicht ans Telefon. Wo er wohnte, wußte Marcus nicht. Stany ließ sich seine Post immer ans Postfach schicken. Um 1 Uhr gab Marcus es auf. Er verbarrikadierte die Tür von innen, bewaffnet mit Motorsäge und Axt.

Schlafen konnte er nicht. Völlig zwecklos. Wenn er die Augen zumachte, sah er sofort Freddy Krüger mit einem abgeschnittenen Schwanz herumwedeln.

Wer war das? Wer steckte dahinter? Es mußte etwas mit den betrogenen Ehemännern zu tun haben. Das war sicher. Am ehesten noch Zorro. Ja, Zorro könnte ein betrogener Ehemann gewesen sein, der zwei Schläger und Schlitzer beauftragt hatte.

Wieviele Kunden und Ehemänner wußten, daß er sie mit ihren Frauen betrog? Und wer hatte die Videos? Woher wußten sie überhaupt, daß es diese Videos gab? Die Frauen wußten es sicher nicht.

Marcus Grünbauer hatte das dumpfe Gefühl, daß seine schönen Zeiten in Mainz vorbei waren.

Brezelmüller und der Anwalt sprachen sich ab. Sie wollten vermeiden, daß irgend jemand aus dem Ruder lief. Der Anwalt konnte schon mal nicht aus dem Ruder laufen.

»HaPe, kannst du mir die 20.000 leihen?«

»Ja«, sagte Brezelmüller gönnerhaft. Es konnte nichts schaden, wenn ein Anwalt abhängig von ihm war. Es konnte generell nichts schaden, wenn jemand abhängig von ihm war.

Ab 19 Uhr wurde Fläschworschttoni auf die gemeinsame Linie eingeschworen. Er fing schon mal an zu trinken und steigerte sich in Rage.

»Wenn isch den erwisch, schneid isch em werklisch die Nudel ab unn schteck se dem Drecksack ins Maul. Unn dann schmeiß isch en in de Worschtkessel. Unn laß en ganz langsam koche.«

20.000 DM Schwarzgeld hatte er auch gleich dabei. Es gibt keinen Metzger, der jede verkaufte Wurst dem Finanzamt meldet. Tonis Vorschlag, bis 20 Uhr noch ein paar Grieserpornos anzusehen, wurde aber abgelehnt, weil Grieser schon

20 Minuten nach sieben auf der Matte stand. Er sah erbärmlich aus. Grieser hatte hängende Schultern in einem zerknitterten Hemd und rotgeränderte Augen in einem unrasierten Gesicht. Der stellvertretende Fraktionsvorsitzende machte keinen guten Eindruck. Er roch nach Alkohol und ungeduschtem Körper.

»Unn?« fragte Toni. »Haste deiner Alt Bescheid gesaacht?«

»Noch nischt«, sagte Grieser und suchte in der Hausbar nach geeigneten Tröstungsmitteln.

Brezelmüller trat Toni auf den Fuß. Es war offensichtlich, daß Grieser keine Frotzeleien vertrug.

Um 20 Uhr trudelten sie nach und nach ein. Es waren Männer zwischen Vierzig und Fünfzig. Stühlerücken, Gemurmel, nervöses Rauchen, eine gespannte Stimmung zwischen Wut und betretener Empörung. HaPe hatte am Telefon nur Andeutungen gemacht, um eheliche Kurzschlußreaktionen zu vermeiden. Speziell dazu sollte auch der Anwalt etwas sagen. Brezelmüller schloß die große Balkontür zum Garten. Sofort wurde die heiße Luft stickig.

Grieser teilte die Kopien des Erpresserbriefes aus. Das Gemurmel schwoll an. Empörte Zwischenrufe ob des Briefes.

»Was soll der Quatsch?«

»Ruhe«, sagte Brezelmüller. »Schaltet alle eure Handys aus.«

»Meine Frau«, begann er, »betrügt mich mit meinem Gärtner, dem Herrn Grünbauer. Grünbauer macht auch eure Gärten. Und er betrügt euch mit euren Frauen. Und zwar alle.«

Ungläubiges Staunen. Empörung. Ablehnung.

Brezelmüller erzählte die Geschichte von dem Detektiv und den Videos.

Schulte, Bauamtsdezernatleiter und SPD-Stadtrat stand empört auf: »Das ist eine Unverschämtheit. Meine Frau betrügt misch nischt!«

Beifälliges Gemurmel.

Brezelmüller zeigte auf die Videos. »Ich habs auch nicht geglaubt, Norbert. Im Nebenraum steht der Fernseher. Sieh dir Video Nr. 7 an. Ich schlage vor, wir machen solange eine Pause.«

Schulte verschwand im Nebenraum.

Grieser stolperte und öffnete die Terrassentür. Zigaretten- und Pinkelpause. Erregtes Geschwätz.

Nach einer Viertelstunde kam Schulte als gebrochener Mann zurück und ließ sich etwas zu trinken geben. Seine Hand zitterte. »Es schtimmt«, sagte er mit gepreßter Stimme.

Schulte war so etwas wie die unerträgliche Kombination dreier biblischer Plagen. Er war Beamter, SPD-Politiker im Stadtrat und Mainzer Fassenachtsfunktionär in Personalunion in der zweiten Generation. Normalerweise. Jetzt war er nur noch eine arme gequälte Kreatur, der man ein Messer in die Seele gebohrt hatte.

Noch einige wollten Beweise sehen. Die Pause dehnte sich auf über eine Stunde. Drei weitere geschlagene Männer überzeugten auch die letzten Zweifler. Fiesebrecht mußte von Fläschworschttoni festgehalten werden, damit er nicht sofort nach Hause fuhr und seine Frau erwürgte. Schließlich setzten sich alle wieder. Sie waren schwer zu beruhigen.

Auf Anfrage erläuterte Brezelmüller das System Grünbauer. »Wir zahlen den Gärtner, damit er den Garten pflegt. Tatsächlich bezahlen wir ihn dafür, daß er mit unseren Frauen schläft. Das könnt ihr anhand seiner irrsinnigen Rechnungen nachprüfen.«

Der Raiffeisenbanker war platt: »Nimmt der aach noch Geld devor?«

Fläschworschttoni platzte der Kragen bei soviel Begriffsstutzigkeit. »Rischtisch. Du zahlst, damit de Gärtner sei Nudel in dei Fraa hänge kann!«

»Etwa 200 DM pro Stunde nimmt Grünbauer«, erläuterte Brezelmüller sachlich. »Das ist anhand der Unterlagen nachprüfbar.«

Der Raiffeisenbankvorstand hatte keine weiteren Fragen.

Brezelmüller stellte die Gretchenfrage: »Ist hier jemand, der nicht zahlen will? Ich werde auf jeden Fall zahlen. Ich kann mir nicht leisten, daß mich irgend jemand mit diesen Videos lächerlich macht. Das ist geschäftsschädigend. Ich werde zahlen.«

»Ich auch«, sagte der Anwalt.

»Isch aach«, stimmte Toni zu und trat Grieser ans Bein. »Isch will doch nit, daß sisch mei Leit hinner meim Buckel iwwer misch lustisch mache. Dann kann isch ja gleisch de Lade dischtmache.«

Das war eine Angst, die alle verstanden. Das war sehr überzeugend.

Grieser meldete sich mit schleppender Stimme: »Isch muß zahlen. Solsch ein in entspreschenden Kreisen veröffentlischtes Video kann isch mir politisch nischt leisten. Das würde sofort ausgeschlachtet und zu Angriffen absolut unterhalb der Gürdellinie mißbraucht werden.«

Schulte, normalerweise Griesers politischer Konkurrent, stimmte vorbehaltlos zu.

Beifälliges Gemurmel, grimmige Zustimmung.

Dachdeckermeister Schwarzer meldete Widerspruch an. Er hatte die ganze Zeit, seit er das Video seiner Frau gesehen hatte, gar nichts gesagt. Man konnte nur sehen, wie seine gewaltigen Kinnbacken hin- und hermahlten. Er hatte zwar ein riesiges Dachdecker- und Gerüstbauunternehmen, war aber stadtbekannt für seinen Geiz. Schwarzer sprang auf, daß der Stuhl umfiel und brüllte: »Isch zahl doch kä Geld zur Belohnung, weil mei Alt, die dreggisch Schlamp, mit em Gärdner feilt. Die schmeiß isch uff die Gass! Abber zahle du isch kä Mack!«

Das wiederum brachte Hohlblockfriedel sofort in Rage. Hohlblockfriedel war der größte städtische Baulöwe. Auf Schwarzer war er sowieso nicht gut zu sprechen, weil der nach Friedels Meinung bei einigen seiner Häuser Pfusch abgeliefert hatte. Er brüllte den Dachdecker an: »Du bist e Arschloch! Wenn du disch von deine Geselle auslache läßt, is des dei Bier. Aber, daß isch devor gradschtehe soll, da denkste nit dran. Du zahlst des Geld. Genau wie isch!«

Als Nr. 10 mußte Hohlblockfriedel für die Nr. 9, für Schwarzers Zahlung mithaften.

»Isch haach der e Dachlatt uff die Fratz«, drohte der Dachdecker. Übergangslos gab es eine Rangelei. Grieser stolperte schlichtend dazwischen und fing sich eine ein. Schwarzer und Friedel wälzten sich über den teuren Couchtisch und walzten ihn platt. Fläschworschttoni trennte die beiden.

»Pause«, kommandierte der Diskussionsleiter.

Dem Anwalt und Fläschworschttoni gelang es schließlich,

Schwarzer zu überzeugen. Sie malten ihm aus, wie hundert Gerüstbauer und Dachdecker von den Mainzer Dächern herunterpfeifen würden, daß die Frau vom Chef nicht nur fremdging, sondern davon auch noch heiße Pornos anfertigen ließ. Das überzeugte ihn schließlich.

Hohlblockfriedel atmete auf.

Gegen 24 Uhr war man sich einig, daß man zahlen müsse und der Anwalt morgen das Geld einsammeln solle. Fläschworschttoni entspannte die Atmosphäre mit einem gekonnten Witz: »Eigentlisch sollde unser zwä Bolidiger des Geld einsammele. Die kenne sich ja aus mit Schpende bar unn ohne Quiddung.«

Eine halbe Stunde später kam der Raiffeisenmann auf die schlaue Idee, markierte Geldscheine zu verwenden und die Polizei einzuschalten.

Der Anwalt parierte: »Der Brief liegt doch vor dir. Meinst du, jemand, der so clever ist, läßt sich von der Mainzer Polizei erwischen? Und selbst wenn es klappt: Einen Tag später weiß die ganze Polizei, daß dich deine Frau betrügt. Mir ist das Risiko zu hoch, daß es schiefgeht mit der Polizei. Dann habe ich 20.000 DM gespart, damit ich mit dem Video beruflich ruiniert werde. Ich zahle lieber.«

Das leuchtete ein. Die Gefahr, daß der Polizeichef mit hineingezogen wurde, konnte gebannt werden. Was blieb, war die einzige wichtige und offene Frage. Wer war der Erpresser?

Brezelmüller: »Es muß einer aus unseren Kreisen sein. Einer, der uns und unsere Verhältnisse sehr gut kennt. Das ist die einzige Möglichkeit. Vielleicht jemand, der erfahren hat, daß seine Frau mit Grünbauer fremdgeht. Dann ist er dort eingebrochen, hat die Videos entdeckt, hat seines an sich genommen und erpreßt uns jetzt. Vielleicht jemand, der in Geldschwierigkeiten steckt.«

Sofort gingen die wildesten Spekulationen los. Üble Beschuldigungen und Verdächtigungen gegen bekannte und abwesende Persönlichkeiten kamen auf.

Der Abend endete schließlich in Suff und gemeinsamen Verbrüderungen gegen die Frauen, diese Schlampen. Um 3 Uhr morgens verließen alle das Haus, außer Fläschworschttoni, der so besoffen war, daß er auf Brezelmüllers Teppich schlief. Ausgerüstet mit Kopien des Erpresserbriefs, Kopien von Observationsberichten und kopierten Videos als visuellem Beweis ehelicher Untreue, stapften und wankten die Gehörnten zu den Taxis, um zu Hause Rabatz zu schlagen.

Nimmt man den Polizeichef dazu, so gab es in dieser Nacht zwölf ganz außerordentlich häßliche Eheszenen. Die ersten Scheidungen wurden lautstark eingeleitet. Auf Monate hinaus sollten die ehelichen Beischlaffrequenzen innerhalb der Handkäsmafia auf ein Minimum sinken, im Gegenzug außereheliche Affairen und Puffbesuche seitens der Männer auf ein Maximum steigen.

Der einzige Mensch aus dem erlauchten inneren Kreis der Handkäsmafia, der in dieser Nacht wirklich gut schlief, war Sabine Müller. Weil es so heiß war, lag sie nackt auf dem Pensionsbett. Sie fand, daß sie ihrem Nochehemann heute morgen im Café eine gute Szene vorgespielt hatte. Er sollte glauben, daß sie in Grünbauer verliebt war. Sie war es auch gewesen, die ihm den anonymen Tip gegeben hatte, daß seine Frau ihn betrügen würde.

Später, in der Nacht, schlief sie mit ihrem Geliebten. Sie trieben es miteinander, wie es Liebende treiben. Sie liebten alles an sich. Sie liebten den Körpergeruch des anderen. Sie spürten jede flüchtige Berührung und genossen sie. Sie preßten die Münder ineinander, die Körper aufeinander. Sie wälzten sich. Berührten sich bald zärtlich, bald heftig. Keuchten. Schlürften die Körpersäfte. Hielten inne und sahen sich an. Begannen von neuem. Alberten dabei herum. Steigerten sich abermals in den Rausch hinein, wie ihn Liebende spüren, wenn sie innerlich beben. Sie saß auf ihm, ritt, spürte Glückswellen durch den Unterleib rasen, seine Hände, die ihre Brüste liebkosten. Sie keuchten lachend im Gleichschritt, spürten wie ihre Seelen verschmolzen, wie ihre inneren Muskeln seinen Penis umklammerten und ...

Sabine Müller wurde wach. Sie hatte geträumt und spürte feuchte Wärme im Schritt. »Schade«, sagte sie zu sich und sah auf die Uhr. Es war 4 Uhr nachts. Sie lächelte bei dem Gedanken, daß jetzt sicher einige Männer und Frauen schlaflose und unangenehme Stunden hatten. Bevor sie weiterschlief, dachte sie an wichtige Dinge. Wichtige und schöne. Sie dachte an ihren Geliebten und schlummerte wohlig wieder ein.

Als Stany Kwiatkowsky am Mittwochmorgen um 8 Uhr in den Kasteler Hinterhof stapfte, wunderte er sich nicht wenig, einen hellwachen Marcus Grünbauer im Büro zu sehen. Frühaufstehen gehörte absolut nicht zu Grünbauers Stärken. Es mußte etwas Außerordentliches passiert sein. Marcus berichtete ihm atemlos von dem Überfall.

»Und där Mann mit Maske wolltä dir wirklich dän Schwanz abschneidän?«

»Ja, Stany. Und vor allem wollten sie wissen, wo die Videos sind.«

»Das riecht nach viel Ärgär. Sind bästimmt wütendä Ehämännär.«

»Stany, du bist der einzige, den ich kenne und der mich schützen kann!«

Stany schüttelte den Kopf. »Weißt du, Marcus. Habe in meinäm Läbän schon so viel Ärgär gehabt mit Gängster und mit Polizei. Habe keinä Lust mehr auf Ärgär.«

Stany hob sein T-Shirt hoch. »Siehst du lange Narbä auf rechte Seitä? War sich Messer in Breslau.« Stany ließ kurz die Hose herunter und deutete auf den Oberschenkel: »Glattär Durchschuß, Frankfurt 1987!« Dann deutete er auf eine seiner Tätowierungen: »Drei Jahrä Gäfängnis in Warzawa. Will nie wieder in Gäfängnis.«

Marcus gab es auf. Er starrte auf das Faxgerät, aus dem andauernd Papier quoll. Es waren Kunden, die die Zusammenarbeit mit der Firma Grünbauer beendeten. Er rechnete kurz hoch. Etwa 15 Prozent seiner regelmäßigen Kunden waren solche, mit deren Frauen er nicht schlief. Der Rest zählte nicht. Das war Stanys Schwarzarbeitsdomäne, die konnte man nicht dazuzählen. Marcus sah schwarz für sein Geschäft.

Um 8 Uhr 30 kam der erste anonyme Anruf. Ein Mann, der ihn beschimpfte.

Kurz darauf der nächste. Frau Polizeichefin, die ihn wegen

der Videos, einem, wie sie meinte, »ungeheuerlichen Vertrauensbruch«, als »perverse Drecksau« bezeichnete. Er erkannte sie an der Stimme.

Schließlich Frau Anwalt, die sich mit Namen meldete und drohte, ihm die Steuerfahndung auf den Hals zu hetzen, wenn er nicht schleunigst die Stadt verlassen würde.

Und so ging es weiter. Die Frauen waren sehr unhöflich. Marcus stellte auf Anrufbeantworter um. Beinahe fing er an zu heulen. Mit jeder Kündigung, die aus dem Fax quoll, und jeder Beschimpfung, die auf Band festgehalten wurde, sah er sein Lebenswerk zerstört. Es war bitter zuzusehen, wie seine mittelständische Existenz, die er sich mit selbstloser, aufopferungsvoller Arbeit aufgebaut hatte, nun gnadenlos und brutal zerstört wurde.

Stany brachte Kaffee. Grünbauer starrte ausdruckslos vor sich hin. Dann nahm er einen Kugelschreiber, kritzelte etwas auf ein Papier und zeigte es Stany. »Florierende Gartenbaufirma in Mainz-Kastel mit Zweitbüro in Mainz-Innenstadt krankheitsbedingt zu verkaufen.«

Stany nickte: »Ist das bestä, was du machen kannst.«

Marcus dachte kurz nach. »Warum willst du die Firma nicht übernehmen? Gib mir 5.000 Mark für den Pickup und das Werkzeug, und ich bin weg.«

Stany winkte ab. »Auch wenn ich nicht mit Frau von Kundän gäfickt habe. Ist sich trotzdäm Firma Grünbauer. Setz die Anzeigä in Zeitung.«

Marcus gab telefonisch die Anzeige auf. Unter Chiffre. Dann setzte er sich auf den Klappstuhl zu Stany ins Freie. Stany bereitete sein großes Frühstück zu. Marcus hatte keinen Hunger.

»Was willst du machän?«

Marcus zuckte mit den Schultern. »Sicher ist, daß ich hier weg muß. In Mainz kann ich keinen Stich mehr landen. Außerdem habe ich Angst. Ich will meinen Schwanz behalten. Und du?«

»Weiß nicht«, sagte Stany mit der Gewißheit des Allroundhandwerkers, der weiß, daß er immer und überall gebraucht wird. »Vielleicht mach ich wieder Auto-Export-Import nach Polen und zurick. Oder Ein-Mann-Innänausbaufirma.«

Der Anwalt gähnte. Er hatte mit seiner Frau die unangenehmste Nacht seines Lebens verbracht. Übergangslos hatten sie am Morgen weitergestritten. Er fühlte sich wie ausgekotzt. Jetzt war es Mittwoch, 12 Uhr. Er gab eine Anzeige in der MAINZER ALLGEMEINEN ZEITUNG auf.

»Hallo Peter. Danke für die Grüße.«

Dann startete er seinen Rundruf und fuhr los. Geld einkassieren. Ungefähr zwölf Mal mußte er Zeuge ehelicher Dramen werden, die seinem eigenen glichen. Die betrogenen Ehemänner überboten sich gegenseitig mit Behauptungen, was sie ihren Frauen alles an den Kopf geworfen hatten. Sie taten es demonstrativ vor dem Anwalt, damit er sehen konnte, was für ganze Kerle sie doch waren. Und das mußte er sich pausenlos anhören. Es war deprimierend und dauerte den ganzen Tag. Da fehlten immer noch drei Einzahler. Schließlich, am Donnerstagmorgen, sammelten sich auf Brezelmüllers überdimensionalem Küchentisch satte 280.000 DM in bar. HaPe schloß sie in den Tresor. Derweil klingelte ständig sein Handy. Die ehelichen Verhöre dauerten an.

Wütend bohrten die Gehörnten immer weiter und meldeten neue Erkenntnisse an ihren Führer. Salamischeibchenweise kam eine erschütternde Wahrheit ans Licht. Im Fitneßstudio, wo sich alle betreffenden Frauen zum Training und zu geselligen Saunarunden trafen, mußte eine Frau – es ließ sich nicht mehr rekonstruieren welche – einer Freundin von einem pikanten Abenteuer mit dem schönen Gärtner vorgeschwärmt haben. Selbige, neugierig geworden, genehmigte sich dann selbst ein Schäferstündchen mit dem schönen Marcus und war begeistert davon. So zog es Kreise.

Es kam sogar vor, daß zwei, drei Freundinnen einer anderen ein Schäferstündchen mit Marcus zum Geburtstag schenkten. Und Frau Grieser behauptete gar, daß bei diesen Saunarunden ein solcher Gruppenzwang geherrscht hätte, daß sie nur deshalb mit Grünbauer schlief, damit sie im Damenkränzchen nicht als hausbackene Spielverderberin angesehen würde. Mit der Frauensolidarität war es jetzt nicht mehr weit her. Eine schob die Schuld auf die andere. Scheinbar festgefügte Freundschaften zerbrachen.

Ansonsten tat sich wenig. Herbert buddelte zu Hause wieder seine Schießprügel aus, ölte sie neu und bemühte sich, seiner Autoversicherung einen Totalschaden zu melden. Karl grübelte darüber nach, ob Brezelmüller wirklich das Ganze inszeniert hatte, um seine Freunde zu erpressen.

Er war sich nicht sicher. Aber es konnte ihm auch egal sein. So oder so kassierte er von Brezelmüller ein fürstliches Schmerzensgeld für die nächtliche Auseinandersetzung mit dem Maskenmann. Wegen der Beleidigungsklagen, versicherte ihm der Anwalt, käme er mit unbedeutenden Geldstrafen davon, die Brezelmüller sowieso zahlen wollte. Und die Anklage wegen Nötigung sei ein Witz. Karl solle vor Gericht sagen, daß er gegenüber Frau Schmitt einen Scherz gemacht habe.

Erna, immer noch leicht verstimmt wegen dem Biene-Maja-Video, versuchte die Wogen zwischen Karl, seinem Sohn und Moni zu glätten. Vergeblich, das Kind sei immer noch verstört und in psychiatrischer Behandlung.

»Dumme Ferz«, brummelte Karl dazu, womit er recht hatte. Ansonsten überwachten er und Herbert abwechselnd Grünbauer in Brezelmüllers Auftrag. Sicher ist sicher, dachte HaPe.

Am Donnerstagmorgen saßen Marcus und Stany arbeitslos vor dem Büro. Marcus hatte inzwischen alle schriftlichen und telefonischen Kündigungen sortiert. Für die Firma Grünbauer gab es keine Aufträge mehr.

Stany hatte über Nacht nachgedacht: »Marcus, ich hab mirs überlägt. Hat keinen Sinn mähr. Ich suche mir gleich neies Arbeit.«

Sie gaben sich die Hand. Stany war nicht der Mann für lange sentimentale Abschiede. »Machs gut, Marcus.«

»Du auch, Stany.«

Stany ging. Er mußte Behördengänge erledigen. Wohnung abmelden, Postnachsendeantrag stellen und ähnlichen modernen Bürokratenunfug. Umzüge waren für Stany kein Problem. Er besaß einen Koffer voller Klamotten und einen Kofferraum voller Werkzeug. Mehr brauchte er nicht.

Grünbauer blieb alleine zurück mit seinen Kündigungen. Was Marcus allergrößte Sorgen bereitete, war die Tatsache, daß er schon zwei Tage nacheinander keinen Morgenständer gehabt hatte. Seine Lenden waren wie abgestorben. Wenn er nur ansatzweise ans Bumsen dachte, sah er sofort Freddy Krüger vor sich und spürte sein Messer an der Nudel. Marcus wollte nur noch eines: Weg!!!

Etwa um diese Zeit klingelte Brezelmüller bei Fläschworschttoni an. Er hatte einen echt brezelmüllermäßigen Vorschlag: »Toni, ich hab eine Idee. Wir kaufen Grünbauers Firma und übernehmen sie halbe halbe. Wir übernehmen auch die Kunden und stellen einen alten, häßlichen Gärtner ein. So können alle Männer sicher sein, daß ihre Weiber nicht mehr mit dem Gärtner feilen, und wir verdienen ein paar Mark. So eine Grünschnittfirma ist ausbaufähig.«

Toni dachte kurz nach. Was Geld und die Mauserei anging, war Fläschworschttoni ein fixer Denker. Er dachte sofort an das anonyme Appartement im Hochhaus und seine drallbusigen Metzgereiverkäuferinnen. Was ein Grünbauer kann, kann ein Fläschworschttoni schon lange!

»Isch bin debei«, stimmte er mit Begeisterung zu. Brezelmüller schickte unter Chiffre eine Antwort auf die Anzeige und bot einen lächerlichen Betrag. Es war sicher kein Zufall, daß Grünbauer einen anonymen Anruf aus einer Telefonzelle bekam, wobei ihm ein Freddy Krüger drohte, endgültig die Eier abzuschneiden, wenn er nächste Woche noch in Mainz sein sollte.

Marcus Grünbauer nahm diesen Anruf so ernst, daß er in einem Reisebüro für Sonntagabend einen Flug in die Karibik buchte, was Karl sofort dem Anwalt meldete.

Die Handkäsmafia war seit Dienstag wie gelähmt. Diese emotionale und gesellschaftliche Katastrophe mußte erst verdaut werden.

Wie konnte meine Frau mir das antun? Diese Schlampe!

Soll ich mich scheiden lassen?

Wer ist der Erpresser?

Wann ist die Geld- und Videoübergabe?

Was ist, wenn der Erpresser meine 20.000 Mark nimmt und trotzdem die Videos veröffentlicht?

Beim Anwalt lief in der Kanzlei das Telefon heiß.

»Und?« fragte Brezelmüller.

»Nichts«, sagte der Anwalt. »Der Stecher von Mainz hat für Sonntag einen Flug nach Barbados gebucht. Ansonsten sitzt er mit seiner Axt in Kastel und traut sich nicht aus der Bude.«

Der Anwalt nahm den Namen Grünbauer nicht in den Mund. Er mußte auch so circa hundert Mal am Tag an das Video denken und sich vorstellen wie dieser Typ seinen Schwanz in die Muschi seiner Frau ... Die Vorstellung war unerträglich widerlich.

»Gut«, brummte Brezelmüller. Am Samstag würde er einen Angestellten mit Kaufvertrag und Bargeld bei Grünbauer vorbeischicken, der in seinem Auftrag die Firma kaufte, ohne daß der Name Müller fiel.

»Und der Erpresser?«

»Nichts«, sagte der Anwalt. Es war Donnerstagnachmittag.

Am Freitagmorgen um 7 Uhr 30 fand die Anwaltsgehilfin einen Umschlag ohne Absender für den Chef persönlich im Briefkasten. Der Anwalt riß den Umschlag auf. Ein weißes Blatt mit bunten Buchstaben beklebt.

»Geldbriefträger soll die AZ-Anzeigen lesen und ALLEINE kommen, sonst sofortige Verbreitung der Videos.«

»Zeitung holen!« blaffte der Anwalt seine Gehilfin an. Es war 10 Uhr morgens. Er war eben erst gekommen, weil er am Gericht zu tun gehabt hatte. Aus begreiflichen Gründen hatte er dort keinen sehr guten Eindruck hinterlassen. Dauernd irritierte ihn das Gefühl, daß der Richter grinste.

Dieser Erpresser mußte schon sehr selbstsicher sein, wenn er im voraus eine Anzeige für Freitag aufgegeben hatte. Er hatte von vornherein damit gerechnet, daß die Handkäsmafia zahlen würde.

»Hallo Karl. Karte für 05 gegen Eintracht an Kasse C reserviert. Peter.«

Der Anwalt interessierte sich nicht die Bohne für Fußball. Einmal hatte er einen stadtbekannten Schläger wegen wiederholter schwerer Körperverletzung vor Gericht verteidigt. Der Angeklagte hatte die Verhandlung, bei der es immerhin um zwei oder vier Jahre ohne Bewährung ging, mit völligem Desinteresse verfolgt. Irgendwann hatte er dem Anwalt in die Rippen gestoßen und ihn gefragt: »Was meensten du, Dogder? Steigt die Eintracht ab oder nit?«

Immerhin, das hatte er sich gemerkt, war Eintracht Frankfurt in die zweite Bundesliga abgestiegen und spielte deshalb in derselben Klasse wie Mainz 05. Aber wann?

Er rief HaPe an. Der mußte es schließlich wissen. »Wann spielt denn 05 gegen die Eintracht?«

HaPe: »Heute.«

Anwalt: »Dann findet die Geldübergabe heute statt. Beim Spiel. Wahrscheinlich im Stadion.«

»Was für eine raffinierte Sau«, fluchte HaPe. An diesem Freitagabend um 19 Uhr spielte Mainz 05 gegen Eintracht Frankfurt. Der Höhepunkt der Saison. Das Stadion würde mit 12.000 Besuchern ausverkauft sein. Für brisante Geldübergaben gibt es zwei örtliche Möglichkeiten. Entweder ein völlig menschenleerer Platz, den der Erpresser kontrollieren, oder ein Massenauflauf, in dem er untertauchen kann. »Eine ganz raffinierte Sau«, mußte Brezelmüller feststellen.

Sabine Müller nahm Abschied von Mainz, was ihr nicht schwerfiel. Die Scheidung war geregelt und heute morgen hatte sie sich beim Einwohnermeldeamt abgemeldet. Sie bezahlte an der Rezeption, schulterte ihren Rucksack und ging zum Hauptbahnhof. Es war Freitagnachmittag, die ersten angetrunkenen Fußballfans lungerten singend in der Stadt herum. Einige pfiffen ihr nach. Sie zeigte ihnen freundlich den Stinkefinger. Es würde eine lange Reise werden. Sabine löste ein Ticket erster Klasse und machte es sich bequem. Sie zog die Schuhe aus, legte die Füße auf die Bank gegenüber und lehnte den Kopf zurück. Sie fing an zu träumen. In einigen Stunden würde sie ihn sehen. Ihn. Sie würde ihn berühren und seinen Körpergeruch in sich hineinsaugen. Er schwitzte viel. Ihr Geliebter war der einzige Mensch, dessen Schweiß nicht unangenehm war. Im Gegenteil. Er roch ungeheuer aufregend, wenn er schwitzte. Direkt geil, dachte sie und lachte. Eigentlich mochte sie das Wort nicht. Warum eigentlich? »Er macht mich geil«, sagte sie halblaut. Die vornehme Dame ihr gegenüber versteckte ihr pikiertes Gesicht hinter einem Buch.

»Ja, unn weider?« fragte Karl hilflos.

Brezelmüller wurde leicht ungehalten. Er schnappte nach Luft. »Woher soll ich denn das wissen? Sie holen sich an Kasse C die reservierte Karte ab, und dann wird Sie der Erpresser schon ansprechen.«

»Unn woher kennt der misch?«

»Herr Napp! Er hat Ihnen in Kastel Sonntagnacht die Hosen ausgezogen. Das war, bevor Sie besoffen waren. Ich nehme an, daß er in Ihren Hosentaschen, die er ja durchwühlt hat, Ihre Visitenkarte gefunden hat!«

»Des kann soi«, stimmte Karl zu.

»Und den Geldgürtel müssen sie anziehen, damit Ihnen nicht irgendwelche Fans die Tasche mit den 280.000 DM klauen. Außerdem kontrollieren die Ordner am Stadioneingang Taschen! Und da wird selbst der dümmste Ordner stutzig, wenn er eine mit 280.000 Mark findet.«

»Isch verschteh«, sagte Karl.

»Sie sind schnell von Begriff«, knurrte Brezelmüller. Dieser Karl Napp war ein Idiot. Eigentlich wollte er ihm sein Minihandy geben. Vielleicht war es möglich, nach der Geldübergabe und Videoentgegennahme sofort eine Täterbeschreibung durchzugeben. Brezelmüller und Fläschworschttoni saßen ja sowieso, wie immer, auf der Ehrentribüne. Aber es dauerte eine Ewigkeit, bis Napp die Bedienung geschnackelt und sich Fläschworschttonis Nummer gemerkt hatte. Dann kam der Anwalt aus der Stadt zurück. Abgesehen von seinen Sorgen wegen der Geldübergabe ging es ihm erheblich gegen den Strich, von Brezelmüller als Laufbursche mißbraucht zu werden. Er brachte eine nagelneue Stonewashed-Jeansjacke mit und schnitt die Ärmel ab. Brezelmüller nahm einen dicken Stift und schrieb ein paar Fußballparolen von Mainz 05 darauf. Eine passende Kappe hatte er auch. Die Jacke war wichtig, damit man den Geldgürtel unter dem T-Shirt nicht sehen konnte.

Der 1. FSV Mainz 05 war, wie selbst eingefleischte Nullfünfer zugaben, ein Fassenachtsverein und die vorgegebene Vereinsparole – »das Wort Aufschtieg darf für uns kein Fremdword bleiben« – so etwas wie ein Synomym für die Differenz zwischen Anspruch und Wirklichkeit. Davon waren anscheinend auch die Spieler überzeugt und verhielten sich regelmäßig dementsprechend. Wenn Mainz 05 am letzten Spieltag der Saison auf eigenem Platz nur ein Unentschieden gebraucht hätte, um aufzusteigen, dann konnte man sicher sein, daß die Mannschaft, eingedenk ihres Rufes, in der 89. Minute das entscheidende Eigentor zum 0:1 schießen würde, nachdem sie vorher mit drückender Überlegenheit reihenweise hundertprozentige Torchancen vergeigt hätte. Auch Karl Napp ging ab und zu ins Bruchwegstadion. Wie so viele andere Nullfünfer schwor er nach jedem Spiel hoch und heilig, nie mehr zu kommen.

Karl fühlte sich unwohl mit 280.000 DM um den Bauch, inmitten von tausenden Fußballfans, die singend und grölend vom Bahnhof die Saarstraße hoch ins Bruchwegstadion pilgerten. Davon jede Menge Eintrachtler, denen die Hitze und das Bier nicht übel Lust machte, irgendwelchen Nullfünfern »uff die Nuß zu haache«. Er hängte sich an eine lautstarke Traube Nullfünfer aus Sprendlingen, deren Windschatten Schutz versprach. Sie waren zweifellos bereit, einen etwas wehrlosen und merkwürdig kostümierten Nullfünfer gegen verbrecherische Eintrachtler zu verteidigen, indem sie solchen »was uff die Fratz gebbe« würden.

Karl stellte sich schwitzend in die Schlange vor Kasse C. Sein Versuch, vorzudrängeln mit dem Hinweis, »daß fer misch e Kaat reserwiert iss«, wurde mit solchen Unmutsäußerungen quittiert, daß er es aufgab. Nur kein Risiko eingehen. Er war nervös.

»Fer misch is e Kaat reserwiert«, sagte er, als er an der Reihe war.

»Name!« brüllte der genervte Kartenverkäufer.

»Karl Napp«, sagte Karl Napp, worauf hinter ihm in der Schlange jemand kicherte.

»Des kann jeder sache«, sagte der Kartenverkäufer. »Ausweis!«

Karl zückte seinen Personalausweis.

»Wozu Ausweis? Der sieht doch schon aus wie Karl Napp«, meinte der Witzbold in der Schlange.

Karl drehte sich wütend um und fixierte den Nickelbrillenträger. Mit ungeheurer Selbstbeherrschung blaffte er nur: »Halts Maul, Schtudendekopp!« worauf der Angesprochene noch mehr kicherte. Es war ein Depp.

Karl ließ sich von der Masse zu seinem Platz schieben. Es war eine Stehplatzkarte. Er war ohnehin einer der Kleinsten. Eingekeilt in der Menge, sah er nur Schultern und schwitzende Nacken.

Hilflos sah er sich um. Wer war der Erpresser? Jedesmal, wenn er angerempelt wurde, zuckte er zusammen. Blinzelte ihm jemand zu? Der Mann mit der auffälligen Kappe? Eine Mütze mit integriertem Bierdosenhalter und Schläuchen, damit der Mützenträger gleichzeitig trinken und beidhändig klatschen konnte. Der Mann setzte den Schlauch ab: »Willsde was? Was guckste dann so bleed? Bisde schwul, oder was?«

Der war es nicht. Karl schob sich ein paar Meter weiter. Zur Sicherheit sah er noch einmal auf die Karte. Der Platz war richtig. Er drehte die Karte um. Da stand in Blockbuchstaben. »Geh dreimal um die Tribünen herum. Peter.«

Seufzend schob er sich durch die schwitzende Menschenmenge, um eine Stadionrunde zu drehen. Anscheinend wollte der Erpresser sichergehen, daß Karl Napp alleine war. Daß ihm niemand folgte. »Wahrscheinlisch«, folgerte Karl, »iss de Killer genau hinner mir.« Ab und zu drehte er sich um, aber es waren immer andere Männer hinter ihm. Derweil sich das Stadion langsam füllte und auf dem Platz völlig unbeachtet irgendwelche Schülermannschaften über den Ball säbelten, plärrte abwechselnd Musik und Werbung aus dem Lautsprecher, unterbrochen vom Gesabbel des Stadionsprechers. Die eingefleischten Fans beider Mannschaften grölten sich ein.

Aus dem Eintrachtblock:

»In-Frank-ford-wääß-en-je-des-Schwein,
Ihr-seid-ja-nur-en-Fasse-nachts-verein!«

Daraufhin die Nullfünfer:

»Alle-Hesse-sinn-Ver-brescher
unn-klau-e-Asche-bescher!«

Auf der Ehrentribüne unter den Honoratioren saßen die beiden Vorstandsmitglieder Brezelmüller und Fläschworschttoni. HaPe war nervös. »Hoffentlich verbockt dieser Trottel nicht alles!«

»Abwaade«, sagte Fläschworschttoni und schwelgte in der Zukunft.

»Sunndach kimmt mei Alt zurick. Der hald isch erst emal des scheene Video unner die Nas, unn reesch misch furschtbar uff. Die trefft beschtimmt de Schlaach. Dann iwwernemm isch des Abbardemang vom Grünbauer im Hochhaus. Des geht uff die nei Firma. Unn dann werd gekacheld, bis die Worscht platzt. Unn des film isch dann. Kannste immer komme, zum Toni seim Videoabend.«

Toni war eben eine echte Mainzer Frohnatur.

Kurz vor dem Spiel kamen die wichtigsten Werbeslogans, vom Stadionsprecher persönlich über den Lautsprecher vorgetragen.

»Wo gibts die greeßte Schnitzel in de Schtadt?«

»Nur-beim-Fläsch-worscht-toni-werste-satt!« grölten die Mainzer Fans und zeigten mit dem Finger auf die Ehrentribüne.

Toni stand auf und hob die Arme in Siegerpose.

Stadionsprecher: »De Große brauch en Ball, die Klä, die brauch en Füller.«

Fans: »Mir-kaa-fe-all-beim-Bre-zel-müller!«

HaPe stand auf und grüßte die jubelnden Massen mit dem Victory-Zeichen.

Brezelmüller und Fläschworschttoni liebten dieses Ritual. Das war auch der einzige Grund, warum sie im Vorstand waren. Sie waren nicht sonderlich beliebt beim restlichen Vorstand. Aber sie hatten die Fans hinter sich. Wenn sie wollten, konnten sie ungeheuer populistisch sein. Indem sie zum Beispiel vor Spielbeginn zum Fanblock liefen und zentnerweise Brötchen und Fleischwurststücke über den Zaun in die Meute warfen. Jedenfalls wären die besagten Videos in den Händen der übrigen Vorstandsmitglieder eine Katastrophe für ihr sorgsam gepflegtes »Imitsch«, wie Toni sagte, der irrtümlich drei Semester Betriebswirtschaft studiert hatte. Das wäre der absolute »Wörstkäs« und mußte mit allen Mitteln verhindert werden. Und wenn es 20.000 DM kostete. Das war auch Tonis Argument für sofortige und anstandslose Zahlung gewesen: »Wenn die Videos veröffentlischt wern, dann is unser Ruf restlos ruiniert. Wenn mer abber des Geld zahle, unn die

Videos werde trotzdem veröffentlischt, dann kimmts uff die zwanzischdausend Mack aach nit mehr aan! Verschtehste?«

Nach der zweiten Stadionrunde ohne Kontaktaufnahme mit dem Erpresser mußte Karl pinkeln. Er ging in die Toilette. Sie leerte sich, weil das Spiel angepfiffen wurde. Er stellte sich zunächst an das Pissbecken, fand es aber besser, in eine Kabine zu gehen, damit niemand den Geldgürtel bemerkte, wenn er an Hose und Hemd herumnestelte. Mitten im Strullern – Karl pinkelte im Stehen – sah er einen Handschuh unter der Abtrennung zur Nebenkabine. Die Hand legte einen Zettel auf den Boden. Karl pinkelte sich vor Aufregung auf die Füße.

»Kein Wort! Geld her!« stand da in Druckbuchstaben.

»Alles klar«, flüsterte Karl. »Wo sinn die Videos?«

Die Hand zeigte ihm ein Video. Karl löste den Geldgürtel und schob ihn unter der Abtrennung durch. Er hörte wie die einzelnen Geldtaschen geöffnet wurden. Anscheinend zählte der Erpresser nach.

Karl setzte sich auf die Toilette. Er beugte den Kopf nach unten und flüsterte: »Ja unn wo is de Rest?«

Der Mann schob ihm eine Umhängetasche voller Videos unter der Wand durch. Karl zählte sie nach. Die Zahl stimmte. Karl überlegte einen Moment, ob er mit Brezelmüllers Handy schnell anrufen sollte. Vielleicht konnte der Kerl ja geschnappt werden? Aber dann dachte er an die Schießerei in Kastel und ließ es bleiben. Er beugte den Kopf nach unten.

»Ja unn woher soll isch wisse, ob des aach die rischdische Videos sinn?«

Ein Zettel wurde durchgeschoben. Er war undeutlich geschrieben. Karl versuchte ihn zu entziffern und im selben Moment tat es einen Schlag. Später meinte er sich zu erinnern, daß der Mann anscheinend nebenan auf der Toilette stehend mit dem Arm über die Absperrung gegriffen und ihm etwas auf den Hinterkopf geschlagen hatte. Vielleicht einen Gummiknüppel oder einen mit Sand gefüllten Strumpf. Jedenfalls wurde es dunkel. Er bekam den Schlag auf den Kopf, kippte nach vorne und knallte mit der Stirn gegen die Toilettentür. Die Toilette war leer, außer den beiden Männern, von denen einer schlief. Der andere sammelte die beiden Zettel wieder ein, zerriß sie in kleinste Fetzen und warf sie in die Schüssel. Der Mann mit dem Geldgürtel um die Hüfte ließ den Sand aus dem Strumpf in die Schüssel rieseln, spülte Sand samt Strumpf hinunter, stopfte sich die Handschuhe in die Jackentasche und verließ ruhig die Toilette. Er mischte sich unter die Menge, da wo sie am dichtesten war.

Karl brauchte lange, um wachzuwerden. Ihm war schwindelig. Er hatte Kopfweh und fühlte Übelkeit. Gehirnerschüdderung, dachte er noch. Seine Hände zitterten. Er rappelte sich hoch.

Die Knie wackelten. Brechreiz. Er drehte sich um zur Schüssel. Es ging nicht im Stehen. Er kniete vor der Schüssel und kotzte hinein. Davon wurde ihm nicht besser. Das Handy! Er zerrte Brezelmüllers Minihandy aus der Tasche und versuchte sich zu konzentrieren. Es dauerte lange, bis er das ausgestellte Ding einschalten konnte. Vor seinen Augen drehte sich alles. Er hatte sich die Nummer auf die linke Handfläche geschrieben, in der er das Handy hielt. Er öffnete etwas die Hand und – schwups – fiel das Handy in die Schüssel. Er griff mit der rechten Hand in das Abortrohr.

Dabei kam ihm der Gestank von Erbrochenem in die Nase. Er reiherte von neuem. Griff noch mal hinein. Das Handy war weg. Er klappte den Deckel herunter und setzte sich drauf. Alles drehte sich. Bis zur Halbzeitpause führte Mainz 2:0. Als die Halbzeitpause vorbei war, konnte Karl aufstehen, sich die Tasche mit den Videos umhängen und sich an der Wand abstützend vorwärtsbewegen. Er fühlte sich wie völlig betrunken. So sah er auch aus. Und deshalb ließen ihn die Ordner auch nicht auf die Ehrentribüne zu Brezelmüller.

»Isch muß zum Brezelmüller! Isch bin sein Priwatdedegdif!«

»Du bist besoffe unn mußt zum Nodarzt!«

Der Notarzt schließlich hatte ein Einsehen und wählte mit dem Handy die Nummer auf Karls Handfläche.

»Isch hab die Videos«, meldete Karl mit Mühe.

»Wie sieht der Erpresser aus?« fragte HaPe in Tonis Handy.

»Wääß isch nit«, sagte Karl. »Vermutlisch en Mann mit eme Geldgerdel um de Bauch.«

»Hutsimpel«, fluchte Brezelmüller.

Mainz 05 verlor das Spiel 2:3. Der Mann mit dem Geldgürtel verließ das Stadion erst nach Spielende. Er qetschte sich mit den Massen durch den Ausgang und ging ruhig Richtung Innenstadt. Ein unauffälliger Mann unter 12.000 Menschen – mit einem Geldgürtel und 280.000 DM um den Bauch.

Es war eine lange Zugfahrt. Sabine Müller hatte viel Zeit, mit dem Wörterbuch für Anfänger die neue Sprache zu lernen. Halblaut sprach sie die schwierigen Silben langsam vor sich hin. Am ersten Halt nach der Grenze stieg sie aus. Sie sah gut aus in dem roten Sommerkleid, das ihre Figur und die endlos langen Beine betonte. Wo war er?

»Cześć, Sabine«, sagte er und schlang von hinten seine behaarten Arme um sie. Endlich. Stany nahm sie fest in die Arme. Sie spürte den Geldgürtel um seine Hüften. Und sie fühlte, wie sich in seiner Hose etwas regte. Es war eine schwüle, heiße Nacht. Er roch nach Schweiß. Sie liebte diesen Geruch.

»Kannst du noch fahren?«

»Wir fahrän durch«, sagte er lachend. Er schien nicht müde zu sein.

Sie fuhren durch die Nacht. Sie redeten, lachten, alberten herum. Und nach polnischen Maßstäben waren sie jetzt wohlhabend. 280.000 DM von der Mainzer Handkäsmafia und 115.000 DM von Stany. Seine Ersparnisse aus Gehalt, Schwarzarbeit und sonstigen Geschäften. Als es hell wurde, frühstückten sie abseits der Straße auf einer Wiese und taten, was Verliebte so tun. »Pierdolić«, sagte Stany. »Feilän heißt auf polnisch pierdolić.«

»Pierdolić«, wiederholte Sabine lachend. Hörte sich netter an als bumsen.

In jenem seit 1945 polnischen Teil Ostpreußens, der vorher masurische Seen hieß, landeten sie in einer vergammelten Fischerhütte an einem großen See.

»Wem gehört die Hütte?«

»Das ist meinä Sommerhütte«, sagte Stany und zeigte mit dem Finger auf ein großes Gebäude, etwa einen Kilometer weiter am Ufer entlang.

»Und das ist das Hotel, das wir morgän kaufen werdän.«

Nachdem sie ausgeschlafen hatten, gingen sie im See baden und weil sie gerade nackt waren, kachelten sie im Gras dem Sonnenuntergang entgegen. Sie waren glücklich.

Die Erpressung der Mainzer Handkäsmafia war das Werk von Sabine Müller. Sie hatte die Idee gehabt und die Planung übernommen, damit sie ihr neues Leben mit 280.000 DM Startkapital beginnen konnte.

Irgendwann war Sabine Müller beim Broteinkaufen in Kastel an Grünbauers Firma vorbeigekommen. Da im Garten einiges zu tun war, hatte sie ihn engagiert. Aus Langeweile hatte sie einmal mit Grünbauer geschlafen und es dann sein lassen, woraufhin Grünbauer für alle zukünftigen Gartenarbeiten bei Brezelmüllers Stany alleine hingeschickt hatte. Sabine Müller hatte sich mit ihm unterhalten und dabei sofort festgestellt, daß Stany Kwiatkowsky der Mann war, den sie den Rest ihres Lebens riechen wollte, was Stany ebenso fühlte.

Sabine Müller hatte im Fitneßcenter Grünbauer dezent weiterempfohlen, was dazu führte, daß nach und nach die Handkäsmafiamatronen in Grünbauers Appartement ein- und ausgingen.

Stany hatte irgendwann in Grünbauers Kasteler Schlafzimmer eine Stromleitung repariert und die Videos entdeckt, was er Sabine erzählte. Sabine Müller hatte nie, auch nicht nach 20 Jahren, die dummen Bemerkungen und vielsagenden Blicke vergessen, mit denen sie damals in Mainz als ehemaliges Barmädchen in den besseren Kreisen empfangen worden war. In ihr reifte der Plan, daß mit diesen Videos späte Rache und eine goldene Zukunft zu kombinieren wären. Stany kopierte sicherheitshalber Grünbauers Videos und schaffte sie beiseite.

Mit einem anonymen Brief weckte sie Brezelmüllers Verdacht, der, wie vorausgesehen, einen Privatdetektiv auf sie ansetzte. Als sie sicher war, daß der komische kleine Dicke und der Alte mit dem Dackel die Detektive waren, lenkte sie deren Aufmerksamkeit auf Grünbauer, wobei die bald das System Grünbauer entdeckten. Sicherheitshalber verkniff sie sich alle Rendezvous mit Stany, was beiden schwerfiel. Ihr war klar, daß Brezelmüller Trost und Genugtuung darin finden würde, nicht allein als betrogener Ehemann dazustehen. Stany mußte sich nur die Nächte um die Ohren schlagen, in denen Grünbauer nicht in Kastel schlief, und warten bis die Detektive nach Kastel kommen und die Videos finden würden. Als sie Sonntagabend die Videos zurückbrachten, schlug er zu. Das war Stanys Idee. Den Detektiven Angst einzujagen und auf eine betrunkene Nachhausefahrt zu schikken. Er mußte auch nicht die Polizei anrufen, die beiden Besoffenen fuhren der Polizei von selbst in die Arme. Spätestens jetzt würde Brezelmüller nervös werden, weil er den Inhalt der Videos kennen mußte und vom Detektiv wußte, daß irgend jemand die Originalvideos hatte. Sabine Müller spielte ihm die in Grünbauer Verliebte vor, die angesichts der Wahrheit über ihren Geliebten zusammenbrach. Somit fiel sie als Verfasserin des Erpresserbriefes aus. Auf Stany konnte auch kein Verdacht fallen, weil er die Handkäsmafia und ihre größten Ängste nicht kennen konnte. Der Polizeipräsident würde nicht auf die Idee kommen, die Polizei einzuschalten, aus Angst, öffentlich bloßgestellt zu werden. Alle hatten Angst, öffentlich bloßgestellt zu werden. Die Übergabe während des Fußballspiels hatte dann Stany erledigt.

Sie fuhren sicherheitshalber getrennt nach Polen. Die Kopien der Videos waren bei einem Freund von Stany untergebracht. Sollte wider Erwarten jemand doch noch einen Verdacht schöpfen, wären diese Kopien die letzte Sicherheit, um nähere Nachforschungen zu unterbinden.

Der Erpresser der Mainzer Handkäsmafia wurde nie gefaßt. Letztendlich hatte die Affäre auch niemandem geschadet, außer 14 Ehen, die sowieso für den Arsch waren. Es gab fünf Scheidungen, an denen der Anwalt verdiente. Die anderen schworen sich aufrichtig scheinheilige Neuanfänge.

In der Regel tat man es offiziell »wesche de Kinner« und insgeheim, weil man wußte, daß man viel zu bequem war, um ehrlich zueinander zu sein. Also belog man sich weiterhin.

Es gab auch ein paar echte Gentlemen's und -women's Agreements. Fläschworschttoni zum Beispiel machte sein Versprechen wahr und suchte sich immer drallbusigere Metzgereiverkäuferinnen aus, die er in Grünbauers ehemaligem Appartement vernaschte und heimlich filmte, während seine Frau, die mit Marcus Grünbauer ihre sexuelle Energie entdeckt hatte, klammheimlich – und unentgeldlich – mit dem Pfarrer bumste, der ihre Tochter gefirmt hatte.

Grieser hatte es am schwersten. Von seinen Kumpels aufgestachelt, fing er tatsächlich ein Verhältnis mit einer jungen Politikstudentin an, die glühende Anhängerin der Jungen Union war. Das konnte nicht gutgehen. Es ging auch nicht gut. Schließlich forderte sie von ihm entweder einen bezahlten Posten in der Partei oder sie würde sich seiner Frau offenbaren. Grieser konnte ihr keinen Posten besorgen. Die Affäre flog auf und Frau Grieser nahm das zum Anlaß, um wieder auf Männerjagd zu gehen, weil – wie sie ihm zu Recht sagte – er im Bett ein sagenhafter Langweiler war. Grieser hatte deshalb einen solchen Widerwillen, zu Hause aufzukreuzen, daß er den politischen Durchbruch schaffte. Er wurde Fraktionsvorsitzender.

Der Anwalt selbst verdiente zwar an den fünf Scheidungen, ließ sich selbst aber nicht scheiden, weil er sich finanziell übernommen hatte und auf das Vermögen seiner Frau angewiesen war. Er reduzierte seine sportlichen Aktivitäten erheblich, wurde fett und schaffte es in pausenloser Arbeit zum bestverdienendsten Anwalt in ganz Mainz zu werden, bis er mit Anfang 50 an einem Herzschlag starb.

Brezelmüller war eigentlich auch ein Nutznießer der Affäre. Die Erpressung hatte einen Solidarisierungseffekt bewirkt. Die Handkäsmafia schloß sich noch enger um ihren Führer. Er schaffte es sogar, im Fastnachtsverein alle Konkurrenten im Vorstand wegzubeißen und Vorsitzender zu werden. Von einer Urlaubsreise brachte er eine junge Brasilianerin mit, die zum absoluten Blickfang in den besseren Mainzer Kreisen wurde. Er heiratete sie nicht, stellte sie aber offiziell als Sekretärin ein, worüber halb Mainz anerkennend lachte.

Karl Napp und Herbert Dickmilch konnten auch zufrieden sein. Napps Reputation als Privatdetektiv hatte durch die Affäre Brezelmüller erheblichen Aufwind erfahren. Er bekam so viele Aufträge, daß er Herbert Dickmilch und Rudi als Kompagnons einstellte. Er baute seine blaue Lagune sogar zu einem richtigen Büro um.

Frau Schmitt zog irgendwann entnervt aus und somit war auch in dieser Hinsicht alles in Butter. In die freie Wohnung zog ein älteres, ruhiges Ehepaar. Der Mann, pensionierter Klempner, übernahm gegen Mietreduzierung alle kleineren Reparaturen im Haus. Erna war begeistert und schwor sich, nie mehr Akademiker als Mieter zu akzeptieren.

Marcus Grünbauer kam auch wieder auf die Beine. Als er nach drei Monaten seine Erektionsstörungen überwunden hatte, weil er nachts nicht mehr von Freddy Krüger träumte, fand er zu altem Stehvermögen zurück. Er wechselte von dem Ferienclub, bei dem er als Animateur arbeitete, zu einem exclusiven Singleclub auf Guadeloupe. Die vierzigjährigen Frauen flogen auf »lovely Marcus«. Er rammelte Tag und Nacht, was das Zeug hielt.

Sabine und Stany waren glücklich. Sie arbeiteten sehr viel und schliefen trotzdem oft miteinander, weil sie sich liebten. Das Hotel an den masurischen Seen wurde zur Goldgrube, die alte Jagdhütte sogar ins Hotelprogramm aufgenommen. Deutsche Jäger zahlen irrsinnige Preise, um dort waidgerecht das Wild vor der Flinte präsentiert zu bekommen. Und in den Semesterferien kam regelmäßig Sabines Tochter zu Besuch.

Diese Geschichte ist womöglich frei erfunden. Ähnlichkeiten mit lebenden Personen oder tatsächlichen Ereignissen sind wahrscheinlich zufällig und daher wohl nicht beabsichtigt.

Dieter Schmidt

Pfälzer aus alteingesessenem Grumbeeradel. 1965 in Kaiserslautern geboren. Aufgewachsen auf einem romantischen Bauernhof in einem Dorf mit 50 Einwohnern und 300 Kühen, ohne Bushaltestelle, Lebensmittelgeschäft oder ähnlichem, neumodischen Unfug. Mit allen Dorfgenossen irgendwie verwandt, aber nur mit wenigen gesprochen, weil es mit den meisten alte Grenz- und Erbstreitigkeiten auszutragen galt.
Familienmotto: Oswald Schmidt und Söhne. Viel Arbeit, keine Löhne.

1984 Abitur

1985 BrigStkpBüTrpFüFu Schmidt (Brigadestabskompaniebüchereitruppführer Funker Schmidt)

1986 nach Mainz geflohen und angefangen zu studieren: Geschichte, Vor- und Frühgeschichte, deutsche Volkskunde.

2000 ebenso kurzer wie heftiger Ausflug ins Gastronomiegewerbe, deshalb jetzt Vorsitzender im Verband erfolgloser Exwirte.

2001 immer noch Student mit Planziel Doktor ehrenhalber.

trèves krimi

Dieter Bauer
Toter Macho, guter Macho
Kriminalroman
ISBN 3-88081-217-9

»Ich werde sie alle umbringen.«
Werner hält mit seiner Meinung über die »verdammte Scheiß-Juristen-Mafia« nicht hinterm Berg.
Und die feiert gerade Silvester mit Suff und Feuerwerk. Der richtige Zeitpunkt, der richtige Ort – da ist gut schießen. Jedenfalls liegt Familienrichter Henneroth erschossen am Boden.
Keine Spuren. Keine Zeugen. Nur die Tatwaffe.
Doch der, dem sie gehört, sitzt ein. Und Rechtsanwalt Gattermüller, in dessen Wagen man sie findet, hat kein Motiv, seinen besten Freund umzubringen – und zudem ein wasserdichtes Alibi. Zum fraglichen Zeitpunkt war er zum letzten Quickie des Jahres bei Sabine ...
Dann die zweite Leiche. Aus dem Stadtgraben fischt die Polizei einen Toten, der irgendwie nicht so recht zum ersten passen will. Oder doch? Nur eines scheint gewiß:
Machos leben verdammt gefährlich.

»Bis zur Aufklärung des Puzzles überrascht der Krimi-Novize Dieter Bauer mit einer an Spannung nicht zu überbietenden Professionalität. Doch eine weitere Entdeckung: Der Autor verblüfft nicht nur mit seinen Handlungssträngen, sondern darüber hinaus mit zündender, realsatirischer Gesellschaftskritik. ... Ganz in die Vollen geht der neue Stern am Krimi-Himmel, wenn er hinter die bürgerlichen Kulissen leuchtet. Entlarvend seine Karikaturen jener allgegenwärtigen Gestalten, die sich als bessere Gesellschaft fühlen. ... Ein neues Sujet des Kriminalromans ist geboren: Seine äußerste Spannung bezieht es aus der fundierten Kenntnis unserer Wirklichkeit.«
(Deutsche Welle)

trèves krimi

Patricia Vohwinkel
Atemlos Elchtod
Band 2 der Elchtod-Reihe
Kriminalroman
ISBN 3-88081-226-8

Gesunde Fakten. Steffen Kuhnert führte ein normales Leben. Gymnasium, Sportverein, Clique, Freundin. Nur – warum liegt er tot an der Seitenauslinie des Streetballfeldes? Ermordet. Vergiftet. Verstümmelt.
Logische Fakten. Kommissar Martin Dominik weiß Bescheid. Eine Beziehungstat. Liebe. Sex. Eifersucht. Doch weshalb legt er die Ermittlungsakten auf den Schreibtisch seiner Schwester Sina, mit den Fotos eines allzu drastisch beschnittenen Teenagers?
Bürgerliche Fakten. Dr. Jakob »Elchtod« DeVries bringt sein Dasein in Ordnung. Ehemann, Vater, Gerichtsmediziner. Wie kommt es dann, daß er im Schwesternwohnheim haust, seinen Körper mit Drogen und Sinas Seele mit Liedern über Himmel und Hölle malträtiert?
Mitten in diesem Chaos: Sina. Nicht gesund. Nicht logisch. Nicht bürgerlich. In einer schwülen Sommernacht kämpft sie mit absurden Tatsachen und obsessiven Theorien. Die Grenze zwischen Fiktion und Realität verschwimmt. Und als Sina bemerkt, daß sie ihre eigenen Grenzen überschritten hat, ist es beinahe zu spät ...

»ein ungewöhnlicher krimi mit ungewöhnlichen figuren, die an einem ungewöhnlichen fall arbeiten von einer ungewöhnlichen autorin. ein buch von toten dichtern, lebendigen elchen, gepfählten vampiren und kastrierten teenagern. grandios!«
(plaudertasche, Wien)

Die Autorin spielt in geradezu genialer Art und Weise mit der Sprache; komplizierte Satzaufbauten, Goethe-Zitate wechseln mit der Slangsprache der Jugendlichen von heute. Die Zeilen sind gespickt mit Anspielungen auf die große Weltliteratur, aber auch auf Triviales. Das Buch braucht einen jungen und gebildeten Leser. Ist es ein Experiment? Dann ist es gelungen. (WAZ)

trèves krimi

Patricia Vohwinkel
Zufällig Elchtod
Band 1 der Elchtod-Reihe
Kriminalroman
ISBN 3-88081-222-5

Was haben tote Frauen und Kondome miteinander zu tun? Und die Vergewaltigungen, die alle ein gemeinsames Merkmal haben? Auch die Schwester des Kommissars und den Pathologen verbindet etwas. Außer ihrer Vorliebe für dröhnend laute Elch-Musik.

»Kult-Krimi« (Westfälische Rundschau)

»Ein bizarrer, intelligenter Krimi mit humoristischen und gesellschaftskritischen Einlagen ... mehr als ein gelungenes Debüt.«
(Ahlener Tageszeitung)

Rainer Breuer & Ursula Dahm (Hrsg.)
Killing you softly
Kriminalgeschichten
ISBN 3-88081-225-X

»Na bitte – es geht doch! Das vorliegende Buch ist ein hervorragendes Beispiel dafür, daß auch Kurzkrimis, die in Schwaben spielen (ohne jedoch das regionale Element über Gebühr zu betonen), weder langatmig noch langweilig sein müssen, sondern im Gegenteil knackig und witzig beschreiben können, wie Menschen sich ihrer Mitmenschen auf höchst »unfeine« Art entledigen. ...
Fazit: Genau die richtige Lektüre für zwischendurch.«
(krimiforum)

trèves krimi

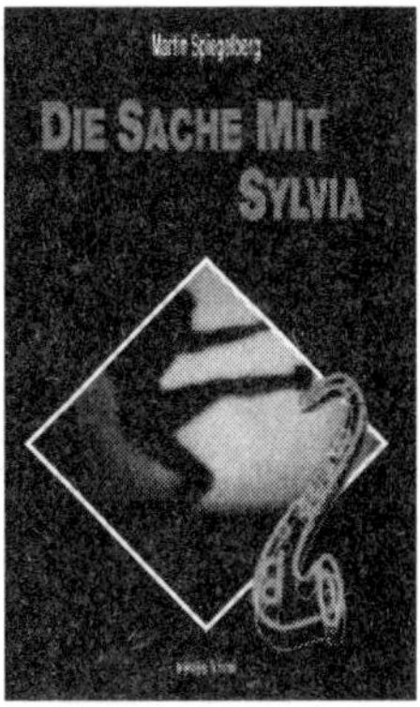

Martin Spiegelberg

Die Sache mit Sylvia

Kriminalroman

ISBN 3-88081-224-1

Der schwäbische Schuhhändler Häfele, höflich und korrekt, ist erfolgreicher Geschäftsmann und steht als aufstrebender Kommunalpolitiker rechts von Dschingis Khan. Er wird zum eiskalten Ninja, wenn ihm etwas in die Quere kommt.
Karl Friedrich Knobel, genannt Charlie, ist von allem angewidert, was Häfele gesellschaftlich darstellt. Charlie wurde von seinem kommunistischen Elternhaus geprägt, sein Vater starb früh an den Folgen des KZs. Charlie liebt das Fotografieren, Jazz-Musik und Sylvia.
Sylvia lernt er in einem Jazz-Club kennen. Sie stammt aus altem Ostadel, hat aber von Jazz keine Ahnung. Sie ist da, weil sie den Türsteher kennt und umsonst reinkommt.
Arbeiterklasse und Adel gehen eine fatale Beziehung ein. Charlie verfällt Sylvia. Er vergleicht die Beziehung gerne mit der Liebe eines Quartalssäufers zum Alkohol. Obwohl sie längst mit Häfele verheiratet ist, finden heimliche Treffen in Hotels statt. Solange bis der gehörnte Gatte dahinterkommt, daß seine blaublütige Sylvia es mit einem Klassenfeind treibt. Häfele mutiert zur Killermaschine.

Ein Kriminalroman, der mitten in der Jazz-Szene spielt – mit Musik, Liebe, Eifersucht, Ehre, Moral, Politik, einem intriganten Miststück und einem eiskalt-rachsüchtigen Ninja. Tolle Atmosphäre. Geht ordentlich zur Sache.

»Der temporeiche, szenekundige und spannend konstruierte Krimi des Jazzmusikers Spiegelberg, der den Helden und die Nebenfiguren vielschichtig zeichnet, wird nicht nur Jazz-Fans überzeugen.

(EKZ)

Die Spezialisten der
Privatdetektei Napp und Dickmilch
erwartet bereits ein neuer Auftrag:

Kommissar Mittelstedt, Kripo Mainz,
zündete sich eine Zigarette an. Aha, dachte er, so sieht also ein Sado-Maso-Keller aus. Ein Keller, vollgestopft mit Peitschen, Ketten und ähnlichem Unfug. Die Lederpolster sahen ziemlich abgewetzt und fleckig aus. Wichsflecken vermutlich.

»Was fer ä dick Wutz«, sagte Mittelstedts Assistent angewidert mit Blick auf den Toten.

Der Tote lag vor ihnen auf dem Rücken. Er hatte eine Erektion und war nackt bis auf die lederne Gesichtsmaske, die Augen, Nase und Mund freiließ. Er lag in einem großen Metallkäfig, der an Eisenketten von der Decke herabhing. Der Tote war fett, etwa 50 Jahre alt und hatte gepflegte Hände. Anscheinend kein Handarbeiter.

Der Notarzt klappte seinen Koffer zu und zog die Handschuhe aus. »Klassischer Fall«, sagte er im allerbesten Deutsch, zu dem ein akademischer Rheinhesse fähig ist. »Herzinfarkt!«

Die Polizeifotografin ging um den Käfig herum, die Leiche von allen Seiten fotografierend.

»Sie müssen in den Käfig«, befahl der Kommissar, »sonst sieht man auf den Fotos nur die Gitterstäbe!«

Die Fotografin kletterte in den Käfig und schoß Bilder. Der freischwebende Käfig fing an zu schwanken. Die Fotografin verlor das Gleichgewicht und fiel über den Toten.

Auch das noch, dachte Mittelstedt. Der Assistent brüllte vor Lachen. Die Frau rappelte sich hoch, kroch aus dem Käfig, fluchte und gab dem Assistenten eine Backpfeife.

»Arschloch«, zischte sie wütend.

»Wer war der Mann?« fragte Mittelstedt die Domina.

Sie zuckte mit den Achseln. »Schtammkunde«, murmelte sie schluchzend mit verheultem Gesicht. Die Domina war etwa Mitte 40 und fett. Sie trug einen knallengen Lederanzug, aus dem der Speck quoll und der die großen, melonenförmigen Brüste freiließ, auf die der Assistent dauernd stierte.

Domina: »Hat sisch am Dellefoon immer aagemeld unn iss dann mit erer Maske reukomme, weil er nit wollt, daß mern erkennt. Von der Sort hab isch noch e paar.«

Sie war nervös und rauchte Kette.

»Herr Kommissar, des is nit gut fers Geschäft.«

Wahrscheinlich nicht, dachte Mittelstedt. Es konnte nicht gut fürs Geschäft sein, wenn ein Kunde in einem illegalen Puff an Herzschlag starb.

»Und sie waren nicht dabei, als er starb?«

»Gott bewahr«, seufzte die Domina. »Isch war grad im Schtudio zwä, misch um en annern Kunde kimmern. Isch war doch heit nacht allää, weil die Kolleschin nit komme konnt. Die hat ihr babbisch Woch!«

Mittelstedt sah sie verständnislos an. Die Polizeifotografin half ihm auf die Sprünge. »Babbisch Woch heißt, daß die Kollegin gerade menstruiert. Sie hat ihre Tage.«

»Genau«, sagte die Domina. »Sach isch doch.«

Mittelstedt seufzte. Dieser Mainzer Dialekt war immer für eine Überraschung gut. Der Assistent kicherte.

»Entfern die Maske«, befahl der Kommissar.

Der Assistent trat von hinten an den Käfig und hob mit der linken Hand den Kopf des Toten an. Mit rechts öffnete er den Reißverschluß der Maske und zog sie vom Gesicht. Der Tote hatte ein blau angelaufenes Gesicht mit dicken Hamsterbakken. Zisch, zisch, zisch machte das Blitzlicht der Fotografin. Die Domina stiefelte schweren Schrittes aus dem Raum. Der Assistent starrte auf ihre mächtigen Arschbacken, die der Lederanzug ebenfalls freiließ. Zwischen Studio 1 und Studio 2 gab es eine Garderobe. Sie kam mit einem Kaschmirmantel wieder.

Der Kommissar griff in die Tasche des Toten und zog ein großes Portemonnaie heraus. Auf der Visitenkarte stand: Dr. Theol. Franz-Josef Nierenschläger, Bischöflisches Ordinariat Mainz, Vermögensverwaltung.

»Des iss en Kuttebrunzer«, kommentierte der Assistent glucksend, womit er einen ziemlich generalistischen Ausdruck für katholische Pfaffen verwendete.

»Harry, hol schon mal den Wagen«, befahl der Kommissar.

»Ha, ha. Wie witzisch«, sagte der Assistent, parierte und holte den Wagen.

Die Obduktion samt Haaranalyse ergab: Todesursache Herzversagen, beschleunigt durch die langjährig kombinierte Einnahme eines Herzmedikaments in Verbindung mit Viagra und Koks. Die Nachforschungen der Kripo ergaben dasselbe, Fremdeinwirkung wurde ausgeschlossen.

Die Schlagzeilen lauteten: »Hochrangiger Mitarbeiter des Bischöflichen Ordinariats tot in Bordell aufgefunden.«

Das Gelächter lautete: »Der dode Kuttebrunzer im Sado-Maso-Kkäbbisch«, und war eine Woche lang Stadtgespräch.

Während rund um den Dom im Umkreis des bischöflichen Ordinariats betretenes Schweigen herrschte und sogar drei Kirchenaustritte vermeldet wurden, schrieben einige Fassenachter noch schnell ihre Büttenreden um. Es war Januar und der tote Pfaffe im Puff versprach für die diesjährigen Fassenachtssitzungen ein paar Brüller extra.

Etwa zwei Wochen vor dem Höhepunkt der närrischen Jahreszeit klopfte ein Kunde nach telefonischer Voranmeldung an die Tür der Privatdedektei Napp und Dickmilch, Investigationen aller Art: Untreue, Unterschlagung, Industriespionage international.

Karl Napp, Herbert Dickmilch und Dackel Rudi saßen im Kellerbüro, ehemals »Karls blaue Lagune«, und arbeiteten konzentriert an der Büttenrede für die diesjährige Polizeifassenacht. Es ging um den letzten Schliff.

Der Kunde war ein junger, schmächtiger, schüchtern wirkender Mann mit Nickelbrille. Außer den üblichen Vorurteilen hatte Karl Napp nichts gegen Schwule, wenn er auch nichts mit ihnen zu tun haben wollte. Und dieser Mann war schwul. In Erwartung eines feuchten Händedrucks gab ihm Karl eher vorsichtig die Hand. Der Mann sprach stockend und war nervös. Es war ihm unangenehm, mit einem spießigen Hetero zu reden, der die typische Ausstrahlung des denunzierenden Hausmeisters verströmte.

»Ich heiße Mathias Schmitt, studiere katholische Theologie und war der Freund von Franz-Josef Nierenschläger.«

Karl Napp versuchte sich zu beherrschen, aber da war es schon zu spät: »Vun dem Kuttebrunzer, der sisch im Puff dodgebumst hat?«

»Ja«, sagte der Theologiestudent.

Karl und Herbert starrten ihn verständnislos an. Ein Pfaffe, der im Puff tot umfiel, das konnte ja sein. Aber das konnte eben nicht sein, wenn der Pfaffe schwul war.

»Franz war bisexuell«, erläuterte der Student. »Bisexuell und masochistisch veranlagt. Ich war ihm zu sanft. Deshalb betrog er mich mit harten Lederjungs oder ging in den Sado- Maso-Keller.«

»Ja, unn weider?« fragte Karl.

»Ich glaube, daß Franz ermordet wurde. Franz hat ein paar Tage vor seinem Tod bei mir angerufen und gesagt, daß er Angst hat und ...«

»Warum hast en des dann de Bolizei nit gesacht?« mischte sich Herbert ein.

»Ich will katholischer Pfarrer werden und wohne im Priesterseminar. Ich kann nicht zur Polizei gehen! Franz hatte Angst. Er hatte Angst vor seinen politischen Freunden. Er war eine Art Schatzmeister im konservativen Arbeitskreis der CDU, Christliches Abendland e. V. und ...«

Die Geschichte wurde immer wüster. Als Schmitt fertig war, hatten Karl und Herbert einen neuen Fall. Und was für einen!

Karl und Herbert hätten eigentlich ahnen müssen, daß diese Geschichte einige Nummern zu groß für sie sein würde. Aber, wie rheinhessische Frohnaturen in ihrer gnadenlosen Selbstüberschätzung nun einmal sind, nahmen sie die Ermittlungen auf und gerieten in Teufels Küche.

Was steckt hinter dem dubiosen Verein Christliches Abendland e. V.? Was haben die CDU, die katholische Kirche und der geile Kuttenbrunzer damit zu tun? Gibt es Querverbindungen zwischen katholischer Vermögensverwaltung, christdemokratischer Parteienfinanzierung und schwulem Ledersex?

Wurde Franz-Josef Nierenschläger ermordet? Wenn ja, warum? Ging es um Bimbes? Wer war der Mörder?

Kann Privatdedektiv Karl Napp den Mörder überführen?